우주의 미아

우주의 미아

지슬영 장편소설

별숲

인생이라는 거대한 비밀을 탐험하는
탐험가의 마음으로,
화성 연합 정부 보물 사냥꾼들의 이야기를 전합니다.
산다는 것이 멋진 일로 느껴지길 빌며…….

_지슬영

1부

보물 사냥꾼

1

'멀리서 보면 이렇게 아름답기만 한걸.'

조종석 너머로 지구를 바라보던 하늬는 저도 모르게 한숨을 푹 내쉬었다. 온통 파랗기만 한 바다, 그 바다가 화성에도 있었다면 얼마나 좋았을까 싶었다.

하늬는 목소리를 가다듬고 주조종실 녹음 버튼을 눌렀다.

"코스모스호 캡틴 하늬, 화성 연합 표준시 413년 3월 5일 15시 32분, 곧 태평양 상공 대기권에 도달한다. 위도 37.603, 경도 127.080지점 착륙 예정이다."

일주일 전 태평양을 떠돌던 탐사 로봇이 자료를 보내 왔다. 도시 한가운데에 배가 여러 척 가라앉은 사진을 보고 하늬는 곧바로 짐을 싸기 시작했다. 심상치 않은 구도였다. 무언가 독특하면서도 귀한 진짜 보물이 저 배들 안에 가득할지도 모른다는 생각이 들었다.

지구로 가는 여행은 늘 짜릿했지만, 이번엔 좀 더 특별한 무언가가 나타날 것만 같은 기분. 그것이 보물 사냥을 그만둘 수 없게 하는 가장 큰 이유였다.

지구에 다녀온 날이면 소독실에서 지루한 시간을 보내야 하고 각종 주사를 맞아야 하며 길고 긴 보고서를 써야만 했다. 다른 건 다 참을 만한데 그놈의 보고서는 아무리 해도 이력이 붙질 않았다. '탐사원'이라는 이름으로 지구 접근이 허가되었으니 어쩔 수 없는 일이지만, 그 탐사원들이 하는 일이란 그저 지구에 남은 유물들을 가져와 일부는 연합 정부 박물관에 기증해 유물로 보관하고 대부분은 몰래 팔아 버리는 보물 사냥일 뿐이었다.

지구 탐사원을 '보물 사냥꾼'으로 낮추어 표현하는 것이 실제 보물 사냥꾼들에게는 더 마음 편한 일이었다. 연합 정부 박물관에 유물을 기증하는 공식적인 일로 받는 월급이란 그저 그런 정도여서 질 좋은 산소나 물을 사는 데 쓰고 나면 남는 것이 별로 없었다. 지구의 환경을 조사하는 일도 그저 형식적인 것이 되어 버린 지 오래여서 연합 정부 측에서도 특별히 무언가를 기대하는 눈치는 없었다. '탐구원 모 씨가 오늘 지구 고대 유물을 연합 정부 박물관에 인도했습니다.' 같은 한 문장에 화성인들은 열광했지만, 그 뒤로 오가는 검은 거래에 대해서는 대부분 알지 못했다. 정말 모르는 것인지, 거기까지 상상할 수 없는 것인지, 그저 이래도 그만 저래도 그만이라고 생각하기 때문인지는 알 수 없는 노릇이었다. 지구의 유물은 누군가에겐 자랑거리가 되었고 누군가에겐 미래를 위한 투자가 되었다.

코스모스호가 대기권으로 진입했다.

'돈 되는 물건만 가득해라!'

삑, 삑, 삑!

우주선 안에 경보음이 울렸다. 흠칫 놀란 하늬는 얼른 스크린을 띄우고 스피커 버튼을 눌렀다.

"세 시 방향, 우주선이 접근 중입니다."

코스모스가 말했다. 새의 부리를 닮은 우주선을 보고 하늬는 머리카락을 움켜쥐었다.

"또야, 또!"

버드호 캡틴 진은 열일곱 살 남자애다. 우주선 운전 솜씨며 보물을 찾아내는 집중력이며 사냥꾼들 사이에 '참 대단한 놈'이라고 정평이 나 있다. 하늬에겐 눈엣가시 같은 경쟁자이기도 했다. 매번, 한발 빠르게 보물을 낚아채 가는 통에 하늬는 석 달째 실적이 없었다. 코스모스호 오른쪽 엔진을 새것으로 바꾸어야 하는데 참 대단한 진 때문에 석 달째 불안에 떨어야 했다. 엔진 한쪽이 갑자기 꺼져 버리면 어디를 가든 시간이 곱절이나 걸린다. 이동력이 생명인 사냥꾼들에겐 치명적인 일이다.

"경고! 경고! 거리가 너무 가깝습니다!"

경보음이 격렬하게 울렸다. 버드호가 코스모스호 쪽으로 미친 듯이 날아오고 있었다.

"왜, 왜 저래?"

빙글빙글 회전하던 버드호가 코스모스호를 스치듯 지났다. 정말 지름 1미터짜리 운석 하나 차이만큼 가까웠다. 후우웅, 강한 바람에 코스모스호가 흔들렸다. 그와 동시에 버드호는 지구 쪽으로 직선을 그으며 쭉 날아갔다.

"야아아아!"

하늬는 저도 모르게 소리를 빽 질렀다. 약을 올린 거다. 저 세상더없이 대단한 멍청이가 자기를 놀리고 내뺀 게 분명했다.

"진짜 가만 안 둬!"

하늬는 입술을 질근 깨물며 핸들을 높이 세워 잡았다. 자동모드를 수동으로 바꾸고 빨간 버튼을 꾹 눌렀다. 피유웅, 우주선이 튕겨 나가며 몸이 뒤로 훅 쏠렸다.

"이거 왜 이래? 이래 봬도 이 몸이 화성 연합 경주에서 1등 하신 몸이라고!"

삐이익, 우주선 안에 짧은 경보음이 울리고 코스모스의 목소리가 뒤따라 나왔다.

"경고합니다. 갑작스러운 운행 방식은 하늬 님의 심장 박동에."

"됐어! 나도 알아."

"무리가."

"코스모스!"

"네?"

"다, 안다고요. 이제 그만."

"네, 그만합니다."

바로 앞에 버드호의 뒤꽁무니가 보였다. 퍼런빛을 내뿜으며 날아가던 버드호가 갑자기 방향을 획 틀었다. 하늬도 핸들을 돌렸다. 크기는 조금 작았지만, 속도라면 코스모스호도 버드호에 뒤지지 않았다.

"흥, 나는 50센티 운석만큼 다가가 주지!"

하늬는 지구에 오면 30분 정도는 상공을 선회하며 경치 구경하는 걸 즐겼다. 오늘은 그 시간을 빼앗기고 말았다. 순전히 참 대단한 진 때문이었다. 왼쪽 스크린에 붉은 점이 깜박였다. 보물이 잠든 좌표였다. 앞쪽엔 진이, 왼쪽엔 보물이 있는 거다. 버드호는 자기를 따라오라는 듯 더 멀어지지 않고 일정한 간격을 유지하며 앞으로 나아갔다.

"후, 속지 말자."

하늬는 얼른 고개를 털어 버리고 핸들을 왼쪽으로 꺾었다.

"탁월한 선택입니다."

"칭찬 고마워!"

전광판 스크린에 불빛이 깜박였다. 조금 뒤 다시 코스모스의 목소리가 흘러나왔다.

"통신 요청입니다. 응답하시겠습니까?"

"진? 됐다 그래."

"접수합니다."

순간의 경쟁심 때문에 보물을 놓칠 수는 없었다. 하늬는 좌표를 향해 거침없이 내려갔다. 수면을 뚫고 바다로 들어가는 그 순간, 하늬는 늘 다른 차원으로 여행하는 듯한 착각에 빠지곤 했다. 얇고 투명한 막을 뚫고 시간의 저편으로 옮겨 가 과거의 지구를 만나는 일, 분명 매혹적인 것이었다. 더군다나 그 일이 큰돈을 만질 수 있는 것이라면, 그것으로 새로운 심장을 얻을 수 있다면 말이다.

5분 전, 버드호 캡틴 진은 화성으로 귀환하기 위해 북극 위로 날아올랐다. 빙산이 다 녹아 버린 북극 바다에서 아버지에게 전할 수질 샘플을 실었다. 진은 마음껏 지구를 드나드는 대신 1년에 두 번, 북극이나 남극의 물을 전달하는 임무를 부여받았다. 화성 최고의 기업 드림워터사 대표 이사인 아버지와의 개인적인 거래였다. 보물 사냥꾼이 되겠다고 했을 때도 그랬지만 아버지는 진이 하는 모든 일에 사사건건 딴지를 걸었다. 더는 바랄 게 없으니 지구 보물이나 탐을 내는 것이라며 핀잔을 주기도 일쑤였다. 그건 맞는 말이었다. 화성에서 누릴 수 있는 모든 것을 누리고 사는 진이었다. 하지만 태어나서부터 쭉 그렇게 살아왔기 때문에 그것이 특별한 혜택이라거나 복이라고는 생각하지 않았다. 진이 머무는 세계엔 언제나 신선한 공기가 가득했고 눈을 돌리는 곳마다 아름다운 풍광이 가득했다. 그런데 늘 한 가지, 무언가 딱 한 가지가 빠진 기분이었다.

진은 어려서부터 화성인들이 떠나온 지구에 대한 환상이 있었다. 컴퓨터 프로그램이나 인공으로 만든 것이 아니라 진짜 땅을 밟으며 바람을 느끼는 건 어떤 기분일지, 따사로운 햇살 아래 앉아 꽃향기를 맡는다는 건 어떤 느낌일지 늘 궁금했다. 물론 지금의 지구에서 그렇게 한가한 풍경을 즐길 수는 없다. 무너져 내린 도시들엔 이끼가 가득했고 여기저기 널브러진 폐자재들엔 더러운 병균이 득시글할 것이 뻔했다. 그중 조금이라도 멀쩡해 보이는 물건들을 찾아내 지구인들의 체취를 공유하는 것, 어쩌면 그것밖에는 할 수 없는 현실이라서 더 집착했는지도 모른다. 진에게 보물 사냥은 어쩌면 자기 것이었을지도 모를, 잃어버린 시간을 찾는 일이었다.

진이 버드호의 고도를 높여 대기권을 막 뚫고 나가려던 참이었다. 레이더망에 우주선이 한 척 잡혔다. 조금 확대를 해 봤다.

'어라, 코스모스?'

화면에 잡힌 우주선은 가장 기본적인 삼각형 모양이었고 큼지막하게 '코스모스'라고 쓰여 있었다. 진은 코스모스호를 확인하자마자 버드호의 출력을 높이고 최대한 가까이 날아갔다.

'어디까지 따라오려나, 조금 전 떠나왔던 북극에 가 볼까? 거기 생각보다 예쁜데.'

진은 콧노래를 부르며 뒤에서 주춤대는 코스모스호를 바라봤다. 잠깐 딴생각을 하는 사이 레이더망에서 코스모스호가 사라졌다. 이번엔 진이 당황했다. 재빨리 왔던 길을 되돌아갔다. 수면을 뚫고 바다로 들어가는 코스모스호의 뒤꽁무니가 보였다.

'하필 서쪽이야.'

진은 서태평양을 좋아하지 않는다. 그 바다에서 엄마가 돌아가셨다. 진이 어렸을 적이라 기억에는 없다. 그저 그렇다는 것만 알고 있을 뿐. 진이 태어나고 2년 뒤, 보물 사냥을 해 보고 싶다는 어머니 말에 아버지는 무척 화를 냈고, 어머니는 당시 가장 잘나가는 보물 사냥꾼을 섭외해 떠나 버렸다. 아버지는 언제나 제멋대로인 어머니에게 저주를 퍼부었는데, 시체도 찾을 수 없이 감쪽같이 사라져 버린 어머니 때문에 10년을 미친 사람처럼 살았다. 그러니 진이 보물 사냥꾼이 되겠다고 했을 때 새로 산 보호복 산소통을 다 떼어 내 버린 것도 무리는 아니었다.

진은 얼마 전 새로 설치한 추적 방해 장치를 켰다. 흠칫 놀랄 하늬 얼굴을 상상하자 키득키득 웃음이 났다. 그동안 어디 가서 사냥하고 있었는지 도통 만날 수가 없었다. 돌아보면 없고 돌아보면 없고, 분명 가까운 장소에서 시작했는데 꼭 사라져 버리고 마는 통에 인사 한번 제대로 건네지 못했다. 대체로 혼자 있는 걸 좋아하는 진이지만 하늬는 조금 특별했다. 열네 살 생일에 하늬에게서 카드를 받았기 때문은 아니었다. 그건 그냥, 뭐랄까 장난 같은 것이었으니까. 그즈음의 아이들 대부분이 그랬다. 카드를 통해 고백한다기보다 고백이란 걸 한 번은 해 봤다는 게 더 중요한, 그 상대가 누구인가보다 그런 일이 있었다는 게 더 재미있는 일종의 놀이. 그런데도 진은 하늬에게 자꾸만 눈길이 갔다. 혹시나 진심이었을까 기대하기도 하면서.

'오랜만이야, 하늬.'

진은 코스모스호의 궤적을 따라 서태평양의 수면을 뚫고 들어갔다.

2

고요한 바닷속은 언제나 그렇듯 어두컴컴했다. 기압 변환을 위해 운행 속도를 조금 늦췄다. 하늬는 코스모스에게 조용한 음악을 부탁한 뒤 탐사 로봇이 보내온 자료를 살피기 시작했다. 스크린 가득 일정한 간격으로 가라앉은 배들이 나타났다. 지구 대지진 때 배가 가라앉았다면 적어도 4백 년은 지났을 텐데, 신기하리만치 배의 모양은 어느 한 곳 부서지지 않고 그대로인 것처럼 보였다. 바닷속에 가라앉은 도시 한가운데 배가 올려져 있다는 것도 흥미로운 부분이었다. 배들은 건물과 건물 사이에 혹은 건물 위에, 마치 누군가 그곳에 잘 놓아둔 것처럼 얌전히 있었다.

'도시가 다 가라앉은 다음에 보물을 옮기려던 거였을까, 도시가 가라앉기 전에 움직이다 함께 잠겨 버린 걸까?'

좌표의 기록을 따져 보면 이 근처에 커다란 박물관이 있었다. 아마도 그 박물관에서 보물을 옮기려다 일이 틀어진 건 아닐까 추측해 봤다. 그렇다면 저 배 안에 들어 있는 보물들은 진짜로 어마어마한 보물이라는 뜻이었다. 만약 누군가 이미 다 빼낸 것이 아니라면 말이다.

3년 전, 하늬가 할아버지와 처음 지구를 방문했을 때 해적선을 뒤져 보물을 찾아낸 적이 있다. 수심은 그다지 깊지 않았지만, 물살이 너무 빨랐다. 어쩔 수 없이 하늬는 수동모드로 우주선을 운전했고 할아버지는 직접 바닷속으로 들어가 배 위를 경중경중 다니며 보물을 찾았다. 생명체가 감지되지 않아 다행이었지만 갑판이 부서져 내리며 할아버지의 발이 끼는 통에 보호복이 망가졌다. 할아버지는 경고음을 무시한 채 보물을 찾아내느라 배 위에서 시간을 보냈다. 할아버지의 건강이 갑자기 안 좋아진 건 그날 이후였다. 화성인들에게 지구의 환경, 그것도 바다 안은 그다지 안전하지 않았다. 온갖 유독 물질이 녹아 있는 바닷물이 조금이라도 몸에 닿으면 각종 피부병과 함께 호흡기나 뇌 쪽에 문제가 생겼다. 두 달 후, 결국 할아버지는 '화성 역사상 최고의 보물 사냥꾼'이란 타이틀을 남겨 놓고 장례용 보호복을 입었다. 하늬는 코스모스호에 할아버지를 태우고 캄캄한 어둠뿐인 우주로 나아갔다. 장례용 우주선이 아니라 코스모스호로 할아버지를 배웅할 수 있도록 배려해 준 연합 정부에 그저 감사할 뿐이었다. 하늬는 장례 지점에 할아버지를 내리고 할아버지가 우주 끝으로 둥둥 떠내려가는 것을 지켜보았다. 장례용 보호복 시스템에 입력된 10분이 지나자 내부 폭발이 일었고, 할아버지는 빛과 함께 사라졌다. 세상에서 가장 슬프고도 아름다운 빛이었다.

"자, 모든 걸 조심조심."

하늬는 자리에서 일어나 보호복을 입기 시작했다. 산소 농도를 체크하고 남아 있는 양도 확인했다. 배의 크기가 작아 우주선을 타고 보물을 찾아내기엔 무리였다. 위험을 감수하고 직접 바다로 들어가는 수밖에는 없었다. 그래도 근처에 가라앉은 배가 모두 열두 척이니 뭔가 하나는 걸리지 않을까 기대했다. 자료에 따르면 이 근처에 있다는 박물관에는 칼이나 각종 그릇, 금으로 만든 귀고리나 목걸이 등 보물의 종류가 다양했다. 바닷물에 휩쓸려 어디론가 사라지지 않았다면 모두 배 안에 있거나 근처 건물 옥상, 혹은 조금 더 아래 바닥 어딘가에 묻혀 있을 것이다.

"좋아, 가자!"

하늬는 우주선 바깥으로 나와 발길질을 시작했다. 우주 한가운데 둥둥 떠다니는 것과 비슷한 느낌이었지만 바닷물이 우주복을 스치고 지나는 느낌은 사뭇 달랐다. 뭔가 묵직한 것이 닿고 지나는 느낌, 지구의 생명이 몸을 훑고 지나는 기분. 하늬는 그 신비한 느낌이 마음에 들었다.

가장 가까운 배로 들어갔다. 배 가운데 기둥만 높이 솟은 돛이 남아 있었고 조금 더 뒤로 들어가자 지붕이 있는 자그마한 방이 나왔다. 구석구석을 살폈지만 보물이 들어 있을 만한 상자나 금고는 보이지 않았다. 너무 깨끗하게 누군가 치워 놓기라도 한 것처럼 깔끔

한 맨바닥만 보였다.

'두 번째 배로.'

하늬는 첫 번째 배를 나와 조금 뒤쪽 건물 옥상에 가라앉아 있는 두 번째 배로 갔다. 배의 모양은 비슷했고 바닥에 밧줄 같은 것이 어지럽게 널브러져 바닷물에 이따금 흔들리는 것이 달랐다. 언뜻 보면 해초 같기도 했다. 방으로 들어갔다. 첫 번째와 달리 커다랗고 둥그런 자물쇠가 달린 상자 하나가 눈에 들어왔다.

"있다!"

하늬는 배시시 웃으며 상자 쪽으로 경중경중 걸었다.

띠링. 우주선에서 보낸 신호음이 울렸다.

"왜?"

"생명체 접근 중입니다."

"뭐지? 바다 생물?"

"생체 정보 인식 불가로 확인이 어렵습니다."

"알았어. 고마워."

하늬는 보호복 헬멧의 불을 끄고 잠시 기다리기로 했다. 간혹 작은 물고기 떼가 지날 때가 있다. 이 지점 근처에 큰 생물은 살지 않는다는 게 보물 사냥꾼들의 일반적인 보고서 내용이지만 이 넓은 바다 안에 어떤 동물이 살고 있을지는 아무도 모르는 일이었다. 더군다나 대서양 쪽에서는 지구 대지진 이후 유출된 방사능에 변이를 일으킨 바다 생물이 보고된 적도 있었다. 레이저총이나 전기총 같은 무기는 물속에서 사용할 수 없으므로 더 조심해야 했다.

덜컹!

배가 흔들렸다. 뭔가 큰 생물체가 툭, 치고 지나는 기분이었다.

'뭐지?'

하늬는 자료로만 보아 왔던 상어와 고래의 모습을 떠올렸다. 어쩌면 아직 살아 있을 수도 있었다. 신체 조건만 따진다면 인간은 지구에 살던 생물 중 가장 약한 족속에 속했으니까. 호기심이 일었다. 하늬는 몸을 낮추고 방 안에 나 있는 창 쪽으로 슬금슬금 기었다. 다시 한번 퉁! 무언가가 배를 쳤다. 몸이 둥실 높아졌다가 낮아졌다. 하늬는 엉덩이를 바닥 쪽으로 끌어내려 힘을 주고 양손을 뻗어 창틀을 잡았다. 후, 숨을 몰아쉬고 고개를 조심스레 들어 올렸다. 헬멧의 불을 켜야 앞이 제대로 보일 것이다. 호기심과 위험을 맞바꿀 것인가, 안전을 택할 것인가. 머릿속이 어지러웠다. 갑자기 저 앞에 환한 빛이 탁, 켜졌다.

'어? 가오리?'

재작년에 심해 가오리가 수면 가까이 올라와 헤엄치는 모습을 봤다는 보고가 있었다. 여러 빛을 내뿜으며 유유히 헤엄치는 그 모습이 꼭 하늘을 나는 거대한 새 같다고 생각했었다. 그런데 저 앞쪽, 분명히 가오리처럼 보이는 생명체가 너풀너풀 날갯짓을 하고 있었다.

'우와……'

하늬는 거대한 가오리의 아름다움에 넋을 잃고 말았다. 바다와 하늘의 경계가 사라지는 기분이었다.

'저런 게 진짜 보물일 텐데. 아, 보물!'

그제야 제정신이 든 하늬는 얼른 뒤로 돌았다. 아뿔싸! 어느새 상자의 자물쇠가 깨져 두 동강이 나 있었다. 그 뒤쪽으로 주먹만 한 손도끼를 든 진이 배시시 웃고 있었다. 도대체 코스모스는 뭘 하고 있었는지, 왜 우주선이 다가온다는 얘기를 해 주지 않았는지, 분통이 터졌다. 하늬는 마음을 가다듬고 경중경중 걸어 진 가까이 다가갔다. 진은 고개를 절레절레 저으며 어깨에 메고 있던 가방 안에 손도끼를 집어넣었다.

"진! 다 찍혔어. 알지? 내가 먼저 발견한 거야! 보물 사냥꾼들의 규칙을 어길 생각은 마."

하늬가 헬멧 옆쪽에 붙은 캠을 가리켰다. 진이 새초롬하게 웃더니 어깨를 으쓱했다.

"글쎄? 내 캠에도 다 찍혔을 거야. 네가 창가에 딱 달라붙어서 밖을 내다보느라 이 보물 상자에는 관심도 두지 않은 거."

진이 씨익 웃었다. 이판사판이었다. 하늬는 상자로 손을 뻗었다. 상자를 꽉 끌어안고 놓아주지 않을 참이었다. 뭐가 됐든, 보물을 구할 수만 있다면 부끄러움 따위 모른 척할 셈이었다. 하지만 가만히 당하고 있을 진이 아니었다. 양팔로 하늬의 팔목을 움켜쥐더니 한순간 하늬의 몸을 뒤로 휙 돌려 뒤쪽에서 꽉 끌어안았다. 그러고는 다시 하늬의 등을 후우욱 밀어내 버렸다. 하늬는 저만치 앞으로 밀려 나가다 재빨리 머리를 아래쪽으로 내리고 그 자리에서 한 바퀴를 뱅글 돌아 제자리에 섰다. 뒤돌아본 곳에 진이 서 있었다. 상자 옆에 딱 붙어, 한 손으로 상자 뚜껑을 지그시 누른 채로 씨익 웃는 것도 잊지 않고서.

후우, 하늬는 깊은숨을 내뱉었다.

"내가, 사정이 좀 있어서 그래. 거기 들어 있는 보물은 나한테 넘겨줘."

"사정 없는 보물 사냥꾼이 이 우주에 어디 있겠냐? 말해 봐. 들어 보고 결정이란 걸 할 테니까."

자존심이 상했다. 우주선 수리를 위해 돈이 필요하다는 얘기까지는 하고 싶지 않았다. 할아버지가 돌아가신 뒤로 어려운 생활을 하는 건 사실이지만 왠지 자신이 어렵게 살고 있는 건 할아버지의 명성을 깎아내리는 일 같았다. 그래서 누구의 도움도 받지 않고 혼자 해내려 했다. 좀 더 많은 보물을 찾고, 좀 더 비싼 값에 팔고, 그래서 좀 더 좋은 우주선으로 다시 좀 더 좋은 보물을 찾는 것. 그렇게 번 돈으로 새로운 인공 심장을 달고 조금 더 살아 보는 것. 그것만이 하늬의 목표였다.

"말할 수 없나? 그럼 안 되겠네."

진은 기다려 주지 않았다. 하늬가 우물대는 사이, 상자 가까이 다가가 자신이 가져온 가방에 상자 속 보물들을 쓸어 넣기 시작했다. 족히 스무 점은 넘을 양이었다. 저 정도면 엔진 교체쯤은 일도 아닐 터였다. 하늬는 쓰린 속을 다잡고 뒤돌았다. 남아 있는 배를 생각하기로 했다. 어차피 되지 않을 일에 마음을 쓸 만큼 어리석지 않다고 자신을 위로했다.

"그냥 가게?"

하늬의 헬멧 안에 진의 목소리가 울렸다. 하늬는 대답하지 않았다. 방문을 붙잡고 바깥쪽으로 헤엄치려는데 다시 쿵! 배에 무언가가 부딪히며 배가 뒤쪽으로 밀려났다. 너무 센 힘이었던지라 몸을 가누지 못했다. 하늬는 배 안에 갑자기 생긴 소용돌이와 함께 뒤쪽으로 휙 밀려나며 보물을 담고 있던 진과 부딪힌 뒤 한 바퀴를 빙글 돌아 천장에 부딪혔다가 다시 아래쪽으로 떨어져 내렸다. 소용돌이 때문인지 어지러웠다.

"뭐지? 너, 괜찮아?"

진의 물음에 하늬는 고개를 끄덕였다. 장난스럽지 않은 목소리니 굳이 외면할 필요는 없었다. 게다가 가오리가 배를 치고 갈 때와는 다른 느낌이었다. 위험이 가까이 다가왔다면 서로 도와야 한다. 같은 보물을 노리는 사냥꾼이라 할지라도 생명 앞에서는 힘을 모으는 것이 인간 된 도리라 배웠다.

"경고, 경고. 전방 15킬로미터 지점에서 해저 지진이 발생했습니다. 10분 이내에 해일이 다가옵니다."

하늬는 놀란 눈을 들어 진을 바라봤다. 진 역시 경고를 들었을 것이다. 진이 다짜고짜 하늬의 손목을 잡아끌더니 밖으로 헤엄을 치기 시작했다. 얼결에 딸려 나온 하늬도 열심히 발길질을 시작했다.

3

배 밖으로 나온 하늬는 뒤쪽에서 다가오는 검은 그림자를 보고 움찔 놀라 멈춰 섰다. 하늬의 손목을 끌던 진이 앞으로 나아가지 못하고 하늬 옆으로 섰다. 검은 구름 같은 덩어리가 한 발, 한 발 다가섰다. 그림자의 정체가 무엇인지 가늠이 될 때쯤 온몸에 소름이 돋았다.

"상어 떼야!"

하늬의 외침에 진은 다시 하늬의 손목을 잡아끌었다.

"쟤들도 도망치는 거야. 하늬, 어서!"

진과 하늬는 미친 듯이 발길질을 시작했다. 빨리 우주선으로 돌아가 이 바다를 벗어나야 했다. 그러고 보니 저 앞으로도 커다란 검은 형체가 멀어져 가고 있었다. 아마도 앞서가던 상어가 도망치다 배를 친 모양이다. 그런데 갑자기 해류가 뒤쪽으로 휩쓸리기 시작했다. 아무리 헤엄을 쳐도 앞으로 나아갈 수가 없었다.

"경고, 경고, 우주선으로 복귀하십시오."

바로 그때, 저 아래 바닥에서 무언가가 번쩍, 했다. 느낌이 이상했다. 혹시 보물? 이렇게 어두컴컴한 바다에 빛을 낼 수 있는 물건은 흔치 않았다.

"진, 잠깐만!"

하늬는 진의 손을 뿌리치고 아래쪽으로 헤엄치기 시작했다. 무너진 건물들 틈으로 울퉁불퉁 솟아오른 도로가 보였다.

"미쳤어?"

진의 목소리가 쩍 갈라졌다.

"금방이야, 금방!"

하늬는 손을 뻗으며 바닥으로 내려갔다. 5층 정도 되는 건물의 옆선을 따라 아래로 다가가니 저만치 앞에 분명 반짝이는 덩어리가 보였다. 둥그렇고 매끈한 모양…… 거울? 하늬는 헬멧 캠으로 앞에 보이는 반짝이는 물건을 당겨 찍었다.

"코스모스, 지금 내가 찍고 있는 거 뭔지 확인할 수 있겠어?"

"분석 시작합니다."

혹시라도 지구 고대 보물 목록에 기록된 것인지, 혹은 그 비슷한 이력이라도 있는 물건인지 알아볼 필요가 있었다. 하늬는 코스모스의 대답을 기다리며 조금 더 아래쪽으로 내려갔다. 헬멧에서 뿜어져 나온 빛 때문인지 작은 먼지 같은 부유물들 사이로 환한 빛이 번쩍, 했다.

문득 할아버지가 늘 말하던 '빛나는 거울' 생각이 났다. 하늬가 할아버지와 함께 보물을 찾아다니던 때, 할아버지는 언제나 바다에서 번쩍이는 거울을 찾게 된다면 절대로 놓쳐서는 안 된다고 말했다. 누군가에게 전해 주어야 한다는 말과 함께. 어떻게 생긴 거울이냐고 물으면 그 모양새를 설명하지 못했다. 그저 빛을 내뿜는 거울이라고만 했다.

"지름 약 20센티 추정, 거울 뒷면에는 가장자리에 둥글게 띠를 두르고 있으며 그 안에 자개가, 가운데 부분에 호박이 박혀 있다면 지구 대지진 전 이 지점에 존재했던 국가의 국보일 가능성을 배제할 수 없습니다."

심장이 쿵쿵 뛰었다. 할아버지가 말한 그 거울일 수도 있다. 게다가 한 국가의 국보일 수도 있다니. 이건 진짜 대단한 보물일지도 모른다는 생각이 들었다. 하늬는 빠르게 팔다리를 저어 거울 가까이 다가갔다. 어서 거울 뒷면을 확인해 봐야 했다. 하늬는 헬멧에서 나온 빛을 반사하고 있는 거울로 손을 쭉 뻗어 내렸다. 바로 그 순간, 진이 다가와 하늬의 손을 덥석 잡았다.

"반반 나눠."

"뭐?"

"이걸 판 돈은 반반. 그럼 방해하지 않을게."

"됐거든!"

하늬는 진을 뒤로 밀쳐 내고 거울을 들어 올렸다. 그런데 그 순간, 쿠릉! 온 바다가 울리는가 싶더니 난데없이 눈앞으로 한 아이가 달려들었다. 갑자기 툭 튀어나온 아이는 '아아악!' 소리 지르는 얼굴로, 마치 누군가 뒤에서 쏘아 버린 총알처럼 빠른 속도로 하늬 앞으로 달려들어 하늬의 보호복 헬멧에 머리를 쿵 부딪치고는 그대로 정신을 잃었다. 엉겁결에 아이를 끌어안고 저만치로 밀려난 하늬는 너무 놀라 소리도 지르지 못했다. 방금 무슨 일이 있었던 건지 그저 얼떨떨할 뿐이었다.

"경고, 7분 뒤 해일이 다가옵니다!"

코스모스의 목소리가 보호복 헬멧 안에 쩌렁쩌렁 울렸다. 저만큼 멀어졌던 진이 놀란 얼굴로 하늬 가까이 다가왔다.

"뭐야?"

"모, 몰라."

"이상한 물결 같은 거 있었잖아. 네 앞에. 그거 못 봤어?"

하늬는 고개를 저었다. 진은 조금 전 봤던 풍경을 떠올렸다. 거울 앞으로 아주 얇은 막 같은 게 생겼는데 그게 꼭 바다 안에 작은 웅덩이가 생긴 느낌이었다. 하얀빛으로 일렁이는 물결에 넋을 빼앗긴 사이 갑자기 하늬가 뒤로 휘이잉, 날아갔다. 아이를 안고서.

"걔, 어디서 나타났어?"

하늬는 아이를 끌어안고 빠르게 주변을 두리번거렸다. 그다지 높지 않은 건물들, 인도인지 도로인지 알 수 없는 좁은 길, 자그마한 마을 한복판이었다. 떨어져 있는 간판과 뼈대만 남은 문들, 더러는 무너지거나 센 물결이 할퀴고 지나간 자국이 역력한 담벼락들. 이 사이 어디쯤 숨어 있었던 거라면 도대체 무엇 때문이었는지 하늬도 묻고 싶을 만큼, 가슴에 안긴 아이는 이해되지 않는 존재였다.

"보호복도 안 입고 있잖아. 뭐야?"

"몰라, 나도 모른다니까!"

갑자기 뒤쪽에서 물결이 휘몰아쳤다. 머리 위로 상어 떼가 지나고 있었다. 소용돌이라도 생기면 곤란한 일이었다. 진이 하늬 품에 있던 아이를 끌어당겨 빼냈다. 그리고 하늬의 손을 잡더니 우주선이 세워진 방향으로 헤엄치기 시작했다. 아이가 저만치로 둥둥 떠내려갔다.

"왜 이래? 살았으면 어쩌려고?"

"살아 있다면 발길질을 했겠지. 생체 정보 잡혀? 안 잡히지? 그럼 죽었다는 뜻이야."

진에게 끌려가던 하늬는 사지를 쭉 뻗은 채 바닥 쪽으로 가라앉는 아이를 바라봤다. 힘없이 물결에 실려 떠내려가는 모양에서 눈이 떼어지지 않았다.

'언젠가 심장이 멈춰 버리면, 나도 저렇게 될까?'

띠링, 코스모스가 알림음을 냈다.

"20미터 반경 이내 생명체가 있습니다. 동물계, 척추동물문, 포유강, 영장목, 유인원과, 호미니드속, 호모사피……"

"살아 있나 봐!"

하늬는 진의 손을 뿌리치고 멀어지는 아이 쪽으로 헤엄쳤다. 바닥으로 가라앉던 아이의 발목을 붙잡아 끌어올리며 방향을 바꿨다. 그리고 아이의 겨드랑이에 팔을 끼워 우주선을 향해 헤엄치기 시작했다. 모른 척해서는 안 된다. 적어도 생명 앞에 방관은 있을 수 없다. 모래바람 속에 쓰러진 하늬를 할아버지가 모른 척했다면 하늬는 우주선 조종 대회에서 1등을 하는 기쁨도, 할아버지와 보물을 캐며 즐거웠던 기억도, 할아버지를 빛으로 떠나보내며 가슴 아팠던 기억도 갖지 못했을 것이다. 죽음 다음에도 무언가가 있을 거라든가, 죽음은 그것으로 그저 끝일 뿐이라든가 하는 말은 하늬에겐 하나도 중요하지 않았다. 죽음 근처에 다가가 본 사람은 안다. 그 뒤에 무엇이 있건 없건 그 경계는 무한한 공포로 가득 차 있다는 것을.

"주의. 경보 1단계. 하늬 님의 심장 박동이 평균치를 25퍼센트 상회……."

하늬는 코스모스의 경고를 귓등으로 흘려 버리며 아이를 안은 채 이를 악물고 발길질을 했다. 이 아이가 어디에서 갑자기 튀어나왔는지 모를 일이지만 아직 살아 있다면 반드시 살려야만 했다.

'하늬, 그날 내가 널 업고 뛴 건 널 위한 일이기도 했지만 날 위한 일이기도 했단다. 누군가를 잃게 되는 일은 가슴 깊은 곳에 상처를 남기지. 그건 절대 사라지지도 옅어지지도 않아. 다른 사람은 다 잊어도 자기는 잊지 못하거든. 그게 가장 무서운 법이란다. 내 영혼의 영원한 감시자는 바로 나니까.'

할아버지가 입버릇처럼 내뱉던 말이 머릿속을 스쳤다.

4

 코스모스호 내부로 들어온 하늬는 아이를 바닥에 내려놓자마자 자동 심폐 소생 장치를 아이의 가슴에 두르고 전원을 눌렀다. 인공호흡을 시작하려는데 아이가 물을 뱉어 내기 시작했다. 하늬는 아이의 고개를 옆쪽으로 돌리고 가슴에 둘렀던 장치를 제거했다. 연신 기침을 하며 바닷물을 뱉어 낸 아이가 어렴풋이 눈을 뜬 순간, 경고음이 거세게 울리기 시작했다.

 "해일!"

 하늬는 아이를 보다 말고 주조종실로 뛰었다. 스르륵, 우주선이 앞쪽으로 밀려 나가는 느낌이 들었다. 하늬는 대기 상태로 돌려놓았던 엔진 기어를 운전 상태로 끌어내리고 핸들을 앞쪽으로 당겨 잡았다. 파도나 소용돌이에 휘말리기 전에 바다에서 빠져나가야 했다.

 "수동 운전 모드 시작합니다."

푸르릉, 격한 떨림과 함께 코스모스호가 사선 앞쪽으로 나아가기 시작했다. 하늬는 핸들을 앞으로 쭉 밀었다가 살짝 당겨 올려 해수면과의 마찰을 최대한 줄일 각도를 찾아냈다. 그건 순전히 감이었다. 때로는 컴퓨터의 수치보다 인간의 감각이 정확했다. 어지럽게 넘실거리는 수면을 뚫고 공중으로 붕 떠오르자 사방으로 물보라가 일었다. 됐구나 싶을 즈음 집채만 한 파도가 코스모스호를 뒤덮었다. 삑삑삑삐익, 시끄럽게 울려 대는 경보음을 무시하고 하늬는 핸들을 더욱 몸 쪽으로 끌어당기고 코스모스호를 수직으로 세웠다. 이 정도 파도는 버텨 주기를 바라면서. 다행히 코스모스호는 3미터가 넘는 파도가 덮치기 직전 상공 5백 미터까지 떠올랐다. 조금 더 높은 곳에 버드호의 시퍼런 뒤꽁무니가 보였다.

'그래도 다행이네.'

대기권을 벗어나자 숨이 좀 쉬어지는 것 같았다. 하늬는 대기 버튼을 누르고 잠시 운전을 멈췄다. 이대로 화성으로 돌아가도 괜찮을지 판단해야 했다. 하늬는 소독실 전원을 올리고 아이가 있던 출입문 쪽으로 가기 위해 조종실을 나왔다. 좁은 복도 가운데쯤 오른쪽엔 침실로 들어가는 문, 왼쪽엔 소독실로 들어가는 문이 있었다. 소독실은 화성에 도착하기 전 방사능 수치를 측정하고 1차 소독을 하기 위한 곳이었다. 지구 여행이 허락된 화성인이라면 우주선에 당연히 갖추어야 할 장소였다. 사람도 보물도 소독 없이는 화성에 단 한 발도 디딜 수 없으니까.

복도 끝, 사람 하나 통과할 좁은 문을 열자 보호복과 각종 장비

가 실린 꼬리방이 나왔다. 외부로 통하는 출입구였다. 조금 전 수직 비행을 한 탓인지 물건들이 어지럽게 돌아다녔다. 아이도 어딘가로 굴렀던 것인지 처음에 눕혀 놓은 것과 달리 엎어져 있었다.

하늬는 아이에게 다가가 숨소리를 확인했다. 편안하다고 할 수는 없지만 당장 큰일이 일어날 것 같지는 않았다.

"하늬! 괜찮아?"

진 목소리에 흠칫 놀라 숙이고 있던 상체를 벌떡 들어 올렸다. 그제야 자기가 보호복 헬멧도 내리지 않고 있었다는 사실을 깨달았다. 손목에 있는 보호복 시스템 모니터에서 헬멧 오프 버튼을 눌렀다. 둥그런 헬멧이 양쪽으로 갈라지며 목 안쪽으로 말려 들어갔다.

"응, 덕분에."

하늬는 보호복을 벗어 꼬리방 벽면 안쪽 상자에 넣고 소독 버튼을 눌렀다. 퍼런빛이 보호복을 쏘아 댔다.

"애는?"

코스모스호 안에 진의 목소리가 쩌렁쩌렁 울렸다.

"숨은 쉬네. 소독실 데려가려고."

"내가 코스모스호로 갈까?"

"왜?"

"왜에? 왜라니? 그거 너무 이상한 질문 아니냐? 나도 그 애에 대해 알 권리가 있어."

"진, 착각하지 마. 걘 보물이 아니야. 이 아이가 나타났을 때 우리가 같은 곳에 있었다고 해서 이 아이를 나눌 수 있다고 생각하나

본데."

"하늬, 정신 차려! 그 애가 보물이 아닌 건 나도 알아."

진이 한심하다는 듯 소리쳤다. 하늬는 바닥에 엎어져 옆얼굴만 드러나 있는 아이를 내려다봤다. 보호복 안에 주로 입는 딱 달라붙는 바지에 허벅지까지 내려오는 헐렁한 티셔츠를 입었다. 어른 옷을 빌려 입었을 법한 차림이 조금 의아했다. 키는 140센티쯤 되려나, 짙은 눈썹에 주근깨가 있고 허리까지 내려오는 긴 머리에 깡마른 몸집. 여자아이 같기는 하지만 자기 혼자 아이를 소독실까지 옮긴다는 건 아무래도 무리일 것 같았다. 게다가 낯선 상대를 앞에 둔 불안감을 떨치기에 진의 제안은 좋은 핑곗거리였다.

"좋아, 도킹해."

진이 우주선을 가까이 대는 사이 하늬는 아이의 몸을 닦아 줬다. 젖은 머리칼, 축축하게 젖은 옷을 보자니 안쓰러웠다. 휴대용 검사기로 본 체온과 방사능 수치는 정상 범위를 조금 웃돌았다. 도대체 누구일까, 이 아이는 그 바다에 왜 있었던 걸까, 어쩌자고 보호복도 입지 않고 바다로 뛰어들었던 걸까, 혹시 보물 사냥꾼의 조수였을까. 자기가 할아버지를 따라다니며 보물 사냥을 배우던 것처럼 누군가에게 보물 사냥을 배우고 있던 거였을까. 그렇다면 누구였을까. 혹시 근래에 조난된 보물 사냥꾼이 있었던가. 온갖 생각이 머릿속을 둥둥 떠다녔다.

하늬가 휴대용 적외선 히터로 아이의 몸을 따뜻하게 만들어 주고 있을 즈음, 버드호와 코스모스호의 뒤꽁무니가 맞붙었다. 삑삑, 경보음이 울린 뒤 푸쉬, 바람 빠지는 소리가 났다. 출입문 위 빨간 등이 깜빡이는가 싶더니 어느새 녹색등이 들어왔다. 기압이 맞춰진 모양이었다. 하늬는 잠시 자리에서 일어나 출입문을 당겨 열었다. 조금 뒤 버드호의 문이 열리고 진이 나타났다. 헬멧을 내리고 가까이에서 얼굴을 보는 건 꽤 오랜만이었다. 1년 전 탐사원 모임에서 스치듯 보고는 처음이었다. 1년 사이 키가 많이 커진 듯했다. 어깨도 더 벌어졌고 짙어진 눈빛에서 제법 어른 태가 났다.

"많이 컸네?"

말하고 보니 뭔가 어색한 기분이 들었다. 그다음엔 어색한 기분이 든다는 게 어색했다. 하늬는 일부러 표정을 굳히고 최대한 무뚝뚝한 표정을 지었다. 경쟁자니까, 아마도 그래서일 거라고 생각했다. 아니다, 사실은 그게 아니다.

'미쳤지, 열네 살 생일에 카드는 뭐 하러 써 줬을까!'

분위기 때문이었다. 절대로, 정말로, 좋아해서 그런 건 아니었다는 뜻이다.

"그쪽은 똑같네. 아무렇지 않은 척하는 거."

하늬는 진의 장난스러운 눈빛을 바라보다 눈길을 떨구고 말았다. 사귀지 않은 걸 천만다행이라 생각해야지, 마음먹었다.

"애는?"

하늬는 얼른 몸을 돌려 뒤쪽 바닥에 엎드린 아이를 바라봤다. 진의 눈길이 그 뒤를 조용히 따랐다.

"여긴 좀……."

진이 꼬리방을 죽 훑으며 말했다.

"지저분하네."

하늬가 황당한 얼굴로 눈을 부라리는 사이, 진은 아이 곁으로 성큼성큼 다가가 몸을 낮추고 아이 얼굴을 가만히 들여다봤다.

"한 번도 안 깼어?"

"잠깐 눈을 뜨는 것 같았는데 지금은 보다시피."

"소독실 어디야?"

"복도 가운데 오른쪽."

진은 조심스러운 손길로 아이를 바로 눕혔다. 그리고 아이의 목과 무릎 뒤쪽으로 손을 집어넣어 끙 힘을 주더니 아이를 번쩍 안아 올렸다. 하늬는 얼른 앞서 걸었다.

하늬 뒤를 따라 소독실로 들어간 진은 길쭉한 상자처럼 생긴 소독실 침대 위로 아이를 내려놓았다. 잠깐 뒤척이는가 싶던 아이는 이내 다시 시체처럼 고요해졌다. 하늬는 침대 뚜껑을 덮어 내리고 방사능 및 유해 물질 검사기를 가동했다. 투명한 침대 뚜껑 아래로 푸른빛이 아이의 몸을 훑고 지났다. 헬멧에 부딪쳐 올 때 금방이라도 소리를 지를 것 같던 표정이 눈에 선했다.

'방사능 수치 정상 초과 0.026%, 유해 물질 없음.'

아이는 조금 전 바다에서 건져 올렸다고는 믿어지지 않을 만큼 깨끗했다. 이 정도라면 화성 우주 터미널 검색대를 통과하는 건 문제가 없을 듯했다. 침대 안쪽 불빛이 옅은 노랑으로 바뀌었다. 방사능 수치를 정상으로 낮추기 위한 것이었다.

"이상하지?"

진이 물었다. 하늬도 고개를 끄덕였다. 지구의 바다에서 나타난 아이의 상태가 이렇다는 건 이상한 정도가 아니라 불가능에 가까운 일이었다.

5

 아무리 생각해도 이해가 되지 않았다. 특별히 그 바다가 깨끗했을 리 없다. 바다는 커다란 흐름을 가지고 있고 결국은 이쪽 끝과 저쪽 끝이 연결되는 커다란 웅덩이일 뿐이었다. 환태평양 화산대와 대서양중앙해령 화산대가 연이어 폭발하며 거대한 대지진이 왔을 때, 해안 도시에 세워져 있던 수많은 원자력 발전소가 파괴됐다. 거기서 흘러나온 방사성 물질은 온 바다를 뒤덮고 바다와 연결된 모든 땅에, 그 땅에 살고 있던 사람들에게 흔적을 남겼다. 운 좋게 대지진 전에 지구를 떠난 사람들만이 온전한 모습으로 화성에서 살아갈 수 있었다. 아주 드물게 발견되어 보고된 지구의 사람들은 그 형상이 인간이라기보다 괴수에 가까웠다. 수북하게 자란 털, 얼룩덜룩한 피부색, 이상하리만치 커다래진 눈, 꼬여 버린 다리, 너무 많은 팔……. 보고서 내용으로만 봐도 끔찍하기 이를 데 없는 모습이었다. 이런 내용은 지구를 방문하는 탐사원들, 그러니까 보물 사냥꾼들에게만 제공되거나 공유되는 정보였다. 대지진에 살아남은 지구인들이 화성인들에게 자료로 보내 준 각종 정보는 화성 연합 정부의 자료 보관실에 고이 잠들어 있었다. 화성인들은 과거의 지구에 그다지 관심이 없었고 그들의 조상이 무엇을 남겼는지에만 목말라했다.

"그럼, 그 거울은? 거울은 어디에 뒀어?"

아무렇지 않은 목소리로, 당연한 것을 묻는다는 듯 진이 물었다. 그제야 하늬는 코웃음을 쳤다. 그러니까 진이 궁금했던 건 죽은 듯 잠든 정체 모를 아이가 아니라 바로 그 거울이었다.

"미안하지만 바다에 있네."

"뭐? 그걸 놓쳤어?"

진이 두 눈을 치켜뜨며 물었다. 그러고는 이내 고개를 저으며 벽에 붙은 의자에 가 앉았다.

"아, 오랜만에 제대로 된 거 하나 건지나 싶었는데, 아쉽네."

제법 심각한 진의 목소리에 하늬는 저도 모르게 픽 웃었다.

"웃겨. 꼭 네 것인 거처럼 말한다. 그건 내가 찾았어. 엄연히 내 손이 먼저 닿았다고."

진이 고개를 들어 올렸다.

"알아. 누가 뭐래? 제대로 된 보물일지도 몰라서 아쉽다고 한 것뿐이야. 앞서가지 좀 마."

하늬는 어깨를 한 번 으쓱하고는 침대 안에 누워 있는 아이를 바라봤다. 아이는 이따금 불편한 듯 인상을 찌푸리고 가슴을 들썩였다. 호흡수와 맥박은 정상 수치지만 그래프로 보이는 것이 전부가 아닐지도 몰라 아이를 보는 내내 측은한 마음이 생겼다. 하늬는 화성에서 마주치는 아이들을 보고도 이런 마음이 들었나 잠시 생각했다. 화성 이주 1세대 주택인 지상 돔 지역에서 태어나 할아버지를 만나게 되기 전, 그러니까 열두 살 때까지 하늬는 같은 지역에 사는 아이들을 보는 일이 괴로웠다. 건조한 모래바람을 견디며 그 아이들이 하는 일이란 게 3세대 지하 아파트 단지에 대한 막연한 상상이나 억측, 그곳에 사는 아이들에 대한 환상이나 질투가 대부분이었다. 지하 아파트 단지 제일 아래쪽에는 아주 맑은 물이 가득한 수영장이 있는데 그곳에서 자연 교미로 얻은 강아지와 수영을 할 수 있다거나 집 안 전체가 거대한 스크린으로 둘러싸여 있어서 사시사철 푸른 갈대숲의 바람 소리를 재현해 준다거나 하는, 상상만으로도 기분이 좋아지는 이야기들. 하지만 하늬는 그런 이야기를 들은 날 밤이면 베개를 눈물로 적셔야 했다. 텁텁한 모래 냄새, 한 번씩 천장이 뜯어질 것처럼 불어 대는 바람을 고스란히 느껴야 하는 제 집과는 너무 멀고 먼 이야기라서.

화성에서 황색 지표면은 한 공간을 두 세계로 정확히 나누는 경계선에 불과했다. 지상에 살고 있느냐 지하에 살고 있느냐로 사람의 신분이 나뉘었고, 그들의 삶이 가치 있는 것인가 그렇지 않은 것인가까지 가늠되었다. 인정하고 싶지 않은 현실이었다. 지상에서 시작해 지하로 들어가는 사람이 전혀 없는 것은 아니었다. 어디에

나 특출난 재능을 가진 사람이 나타났고 그런 사람은 더 오랫동안 아이들의 입방아에 오르내리며 아이들에게 경계선을 넘어 유토피아 같은 세계로 옮겨 가는 꿈을 꾸게 했다.

"어쩔 셈이야?"

진의 질문에 하늬는 고개를 들어 올려 반대편에 앉아 있는 진의 얼굴을 바라봤다.

"얘, 이대로 화성에 데려갈 생각이야?"

"아직 못 깨어나잖아. 병원에 데려가야 하는 거 아니겠어?"

"하늬, 잘 생각해 봐야 해. 이거 처음 있는 일인 거 알아?"

"뭐가?"

"지구인. 단 한 번도 이런 식으로 지구인이 화성에 간 적은 없어."

"잠깐만, 진. 넌 얘가 지구인이라고 생각하는 거야? 말도 안 돼. 지구인이 어떻게 방사능 수치가 정상일 수 있겠어?"

하늬의 물음에 진은 긴 속눈썹이 보이도록 눈길을 아래로 내렸다. 한참을 이쪽저쪽으로 굴러가던 눈동자가 한곳에 멈춰 서고서도 조금 더 뒤에, 진은 천천히 입을 뗐다.

"지구인이든 아니든 중요한 건 보물 사냥꾼 그 누구도 사람을 화성에 데려가진 않았다는 거야. 이게 어떤 결과를 불러올지 아무도 모르는 일이야."

"그럼 어떡해? 얘를 다시 지구에 내려놓고 와? 죽을지 살지 알 수 없는 곳에? 어차피 연료가 없어서 이제 돌아가야 해. 같이 가는 것밖엔 방법이 없어. 그리고 잊었나 본데, 화성인 모두는 지구에서 온 사람들의 후손이야."

하늬는 진의 말이 일리가 있다고 생각하면서도 마냥 동의해 버리거나 다른 방법을 생각해 볼 엄두는 나지 않았다. 간신히 붙어 있는 생명을 그대로 지구로 돌려보낸다면 머지않아 죽게 될 것이 뻔했다. 예전에 모래바람 속에 쓰러진 자신이 할아버지가 아니었다면 죽게 되었을 것처럼. 할아버지는 우주의 모든 것에 에너지가 있고 그 에너지가 결국 돌고 돌아 자신에게 돌아온다고 말했다. 말 한마디, 작은 몸짓 하나, 작은 행동 하나, 그 모든 것이 결국은 누군가에게 영향을 미치고 그 영향이 자기 자신에게 미치는 날이 온다고. 그러니 그 어떤 것도 함부로 대해서는 안 된다고. 하늬는 할아버지의 말이 참 멋지다고 생각했다. 동시에 두려웠다. 욕도 함부로 해서는 안 될 것만 같았으니까. 결국은 늘 두려움 속에 살며 세상을 욕하고 있지만.

"설마, 쟤를 데리고 검색대를 그냥 통과할 생각은 아니지?"

몹시 의심스럽다는 말투로 진이 물었다. 그제야 하늬도 조금 심각한 얼굴이 되었다. 뒷일은 생각하지 않았다. 그저 어디론가 멀어져 가는 생명을 두고 볼 수 없었을 뿐이다. 저 밖, 검디검은 우주처럼, 검고 검은 바닷속에 그저 버려둘 수 없었을 뿐이다.

"문제가…… 많이 될까?"

하늬의 목소리가 조금 누그러졌다. 진이 고개를 절레절레 저었다. 진의 표정이 아니더라도 검색대의 살벌한 분위기는 자연스럽게 하늬 머릿속에 그려졌다. 딱딱하고 차가운 은빛 검색대, 온몸을 훑고 지나는 적외선 탐지기, 나노 단위 바이러스까지 잡아내는 Z-레이, 온갖 무기로 가득한 검은색 제복을 맞춰 입고 무표정한 얼굴로 범법 행위를 색출해 내는 특수부 AI 요원들.

"진, 들어 봐. 아이가 깨어나기만 한다면 완전히 불가능은 아니야. 나한테 비상용 보호복이 있고, 지금 상태라면 방사능 수치로 잡힐 일은 없어. 얘는 내 조수가 되는 거지. 어때?"

"음…… 아주 안 좋아. 첫째, 넌 터미널을 나올 때 조수가 있다는 신고를 하지 않았을 거고 둘째, 갑자기 생긴 조수를 설명할 방법이 없으며 셋째, 그 조수가 저렇게 누워 있기만 한다면 그건 더 설명할 방법이 없기 때문이지."

진의 대답에 하늬는 인상을 찌푸렸다. 검색대 요원들은 모두 AI라서 뒷돈 같은 건 건넬 수조차 없었다. 실수로 빠트린 것이니 한 번만 봐 달라는 말 따위는 애초에 통하지 않을 거라는 뜻이었다. 그렇다면 남은 방법은 하나. 보물 사냥꾼들이 함께 사용하는 터미널 소독실 옆 쓰레기장에 아이를 두고 하늬 혼자 검색대를 통과하는 것이다. 뒷일은 보물 사냥꾼들과 연결된 쓰레기 수거반이 알아서 할 것이다. 이것 역시 위험하기는 마찬가지지만 보물 사냥꾼들이 뒷거래로 보물을 판매하기 위해 사용하는 방법인 만큼 혹시 발각되더라도 뒤를 봐줄 만한 사람을 찾을 수는 있었다. 보물 사냥에 얽힌 권력자는 셀 수 없이 많았으니까.

"화성에서 봐."

하늬는 꼬리방을 나서는 진의 뒷모습에 대고 말했다. 문을 당겨 열기 전, 진은 뒤돌아 하늬를 한동안 바라봤다. 몹시 걱정스러운 얼굴로.

"꼭 이래야겠어? 모르는 애잖아. 바다에서 나왔는데도 멀쩡한 거면, 그냥 거기로 돌려보내. 또 멀쩡하게 살지 누가 알아? 연료라면 나한테 충분히 있어. 내가 도와줄까?"

하늬는 진지한 얼굴로 자신을 내려다보는 진을 가만히 쳐다봤다. 도대체 무슨 꿍꿍이인지 알다가도 모를 놈이라고 생각하면서.

"왜? 쟤 데려다주면서 거울 한 번 더 찾아보려고?"

하늬의 장난 반 진담 반인 질문에 진은 인상을 팍 구겼다.

"도대체 사람을 뭐로 보고. 나도 가야 해. 터미널에 신고한 시간이 넘었거든."

"뭐야, 그럼 너 아까 화성 가려고 대기권 밖까지 나왔다가 다시 나 쫓아온 거였어?"

하늬가 황당하다는 듯 묻자 진은 아무것도 모르는 순진한 얼굴을 하더니 뒤로 홱 돌아 버드호로 돌아갔다.

'쟤, 진짜 뭐지?'

하늬에게 진은 소독실에 누워 있는 아이만큼이나 정체를 알 수 없는 사람이었다.

진은 버드호로 돌아와 도킹이 해제되기를 기다리는 동안 바닷물에 잠긴 스산한 도시를 떠올렸다. 사람이 그 안에서 생활할 수 있는 확률이 얼마나 될까. 이야기책에나 나오는 물고기 인간 같은 게 아니고서야 화성인이 보호복도 없이 바다에 있었다는 건 말이 안 되었다. 그러니까 그 애는 지구인인 거다. 멀쩡하긴 한 걸까, 금방 죽어 버리면 어떡하지? 화성인들이 좋아하는 건 지구인들이 사용했던, 혹은 그들이 만들었던 물건이지 지구인 자체는 아니었다. 화성인들에게 지구인은 과거와 함께 사라진, 혹은 완전히 사라져야 할 존재들이었다. 지구가 침몰하고 오염된 것처럼 지구인 역시 그들에겐 닿아서는 안 될 존재일 뿐이었다. 하지만 그 말을 뒤집으면 지금껏 생각해 온 모든 것이 완전히 바뀌는 기회이기도 했다.

진은 정보 검색을 시작했다. 거울, 물결, 사람, 서태평양, 보물, 생각나는 대로 온갖 단어를 검색창에 입력했다. 탐색원 홈페이지 어디에도 서태평양에서 거울을 찾았다는 정보는 없었다. 가장 빠르게 알아볼 수 있는 사람을 찾아야 했다. 유주! 진은 화성에 돌아가자마자 유주에게 연락해 봐야겠다고 생각했다. 뭔가 대단히 신비하고도 중요한 보물일 거라는 생각이 들었다. 거울도, 그 아이도.

덜컹, 우주선이 흔들렸다. 코스모스호와 버드호가 도킹을 끝내자 하늬와 진도 각자만의 공간에 남겨졌다. 도착 지점, 예상 시간, 모든 것이 같았다. 단 하나, 소독실에 잠든 아이를 어떻게 할 것인가에 관한 생각만 빼고.

6

침실에서 잠시 눈을 붙이던 하늬는 먹먹한 비명에 놀라 벌떡 일어나 앉았다. 머릿속이 멍했다. 쿵쿵쿵쿵, 무언가를 두드리는 소리도 들렸다. 검은 바다, 번쩍이던 거울, 눈앞으로 달려들던…… 아이! 하늬는 로켓처럼 침대에서 튀어나와 소독실 문을 벌컥 열어젖혔다. 반사적으로 소독실 침대 뚜껑을 열고 아이를 내려다봤다. 땀에 젖은 머리카락, 불규칙한 숨소리, 여전히 감긴 두 눈, 발갛게 부어오른 이마?

'깨어났었어!'

하늬는 침대 옆 모니터를 바라봤다. 심장 박동이 빨라졌고 방사능 수치는 정상 범위로 내려와 있었다.

"얘!"

아이는 움직이지 않았다. 하늬는 아이의 어깨를 슬쩍 건드려 봤다. 하늬의 손길을 따라 아이의 몸이 슬쩍 밀리긴 했지만 그것이 다였다. 눈이라도 떠 주면 좋으련만. 다시 잠이 들었는지 아이는 잠잠하기만 했다.

하늬가 모래바람 속에 쓰러지고 할아버지가 응급 센터로 하늬를 데려갔을 때, 이미 하늬의 심장 박동은 멈춘 상태였다. 가까스로 인공 심장을 달았지만 하늬는 14일간 잠에서 깨어나지 않았다. '못했다'가 아니라 '않았다'라고 표현한 건 그 깊은 잠이 하늬의 의지와 연관된 것이었기 때문이다. 담당 의사의 설명에 따르자면 하늬는 자신이 죽었다고 믿기 때문에 깨어날 이유가 없다는 것이었다. 따라서 하늬에게 자신이 아직 죽지 않았음을 끊임없이 알려 줘야 한다고 했다. 설명을 들은 할아버지는 눈앞에 있는 의사가 진짜 의사가 맞을까 의심하면서도 한편으로는 고마웠다고 했다. 그리고 그날부터 쉴 새 없이 하늬의 귓가에 속삭였다.

'하늬, 넌 아직 살아 있단다.'

하늬는 자기가 꾼 꿈속에서 낯선 할아버지의 목소리를 들었다고 증언했다. 사실 그것이 진짜인지 아닌지는 하늬도 헷갈렸다. 할아버지의 목소리를 들었다고 생각한 것인지 정말로 들은 것인지, 할아버지가 항상 무언가를 속삭였다고 말했기 때문에 마치 그런 것처럼 느껴졌던 것인지 정말 들은 것인지 나중에는 뒤죽박죽이 되었다. 하지만 그런 건 중요하지 않다고 생각했다. 누군가 자신을 살렸고, 그 사람은 2세대 주택 단지에 사는 보물 사냥꾼 할아버지이고, 기댈 곳 없이 혼자 살던 하늬에게 할아버지는 대부가 되어 주겠다고 했다. 하늬에게 할아버지의 존재는 생명 그 자체가 되어 버린 것이다.

하늬는 땀에 젖은 아이의 머리칼을 쓸어 주고 수건을 가져와 닦아 주었다. 발갛게 부어오른 이마에 연고를 바르고 침대 옆으로 의자를 끌어와 앉았다. 그리고 가만히 속삭였다.

"얘, 너 아직 살아 있어."

아이는 눈썹 하나도 까딱하지 않았다. 기대했던 모습은 아니지만 실망하지 않기로 했다. 아이가 지금 깨어나느냐, 그렇지 않느냐보다 눈앞으로 성큼 다가온 화성에 무사 안착할 수 있을 것인가 아닌가가 더 현실적인 고민이었으므로.

"착륙 허가 요청하겠습니다."

코스모스 목소리에 하늬는 자리에서 일어섰다. 침대 뚜껑을 덮을까 말까 잠시 생각하다 그대로 두기로 했다. 혹시라도 아이가 다시 깨어난다면, 이번엔 이마가 찢어질지도 모른다고 생각했다.

하늬는 조종석에 앉아 점점 가까워지는 화성을 바라봤다. 황량한 붉은색 대지 위에 작은 점들이 별처럼 반짝였다. 화성에서 지상에 만든 건물은 우주 터미널과 1세대 이주민들이 건설한 의회 건물, 화성 이주에 결정적 역할을 했던 드림워터사 제1공장, 1세대 이주민들이 거주하던 돔 지역이 전부였다. 돔 지역은 총 5개 구역으로 나뉘어 있었고 반구 형태의 집들이 50채씩 자리를 잡고 있었는데 지금은 3분의 1 정도 비어 있는 상태였다. 일정한 간격을 두고 세워진 50채의 돔, 그중에서도 은빛 돔 지붕은 낮이면 햇빛을 받아

반짝였고 황량하기 그지없는 화성에서 그나마 볼거리가 되어 주었다. 하지만 역시, 모든 것은 멀리서 볼 때 아름다웠다. 마치 지구의 바다가 그러한 것처럼.

언젠가 지구 자료를 보다가 발견한 사진이 몇 장 있었다. 모두 중요한 보물로 명성을 떨쳤고 매우 비싼 값에 팔린 사진들이었다. 그 중 가장 기억에 남는 건 길게 드리워진 건물의 그림자 아래, 쓰레기통 옆에 제집처럼 누워 잠들어 있던 남자였다. 사진을 보며 기분이 묘했다. 왠지 그 남자가 남처럼 여겨지지 않았다. 화려하고 높게 세워진 건물들 사이, 혹은 그곳을 조금만 벗어나면 보이는 어두침침한 골목은 지금의 돔 지역을 생각나게 했다. 250세대가 거주하던 돔 지역은 3세대 이주민까지 들어오면서 사진 속 도시의 뒷골목처럼 변해 갔다. 2세대 이주민이 들어올 당시 지하로 들어가 집을 짓기 시작하더니, 3세대 이주민이 들어올 때는 총 30층이 넘는 지하 아파트 단지가 만들어졌다. 끊임없는 모래바람과 먼지 폭풍, 밤이면 한없이 내려가는 기온, 그 모든 걸 감당하기엔 지상보다 지하가 삶의 터전으로 유리했다. 하늬도 3세대 아파트까지 가 본 적은 없어 내부 구조는 정확히 몰랐다. 그저 '천국'이나 '유토피아' 같은 단어로 바꿔 불러도 좋을 만큼 인간의 삶에 최적화된 공간이라는 것만 알고 있었다.

하늬가 열 살이던 해, 딱 한 번 3세대 지하 아파트에 들어가 볼 기회가 있었는데 안타깝게도 놓치고 말았다. 동년배 중 가장 좋은 학점을 받은 아이들만 갈 수 있는 지하 아파트 단지 견학 날 하필

이면 어머니가 쓰러졌다는 연락이 왔다. 드림워터사 제2공장, 빙하 해동고에서 일하던 어머니는 수조 청소를 하다가 미끄러져 삼중 크리스털 바닥에 머리를 부딪치는 사고를 당했다. 견학에 가려고 준비 중이던 하늬는 너무 놀라 정신없이 보호복을 챙겨 입고 황량한 벌판으로 나섰다. 저만큼 앞으로 방금 출발한 자기 부상 버스의 뒤꽁무니가 보였다.

"아, 안 돼! 안 돼애애애!"

버스 뒤꽁무니를 보며 달리던 하늬는 지난밤 모래바람 속에 굴러온 돌덩이에 발이 걸려 앞쪽으로 콰당, 넘어지고 말았다. 버스는 속절없이 멀어져만 갔다. 응급 센터를 지나는 다음 버스를 타려면 족히 한 시간을 기다려야 했다. 지나가던 아주머니가 다가와 하늬를 일으켜 세웠다. 방금 일터에서 돌아왔는지 보호복 헬멧 위로 먼지가 수북했다. 아주머니가 걱정스러운 얼굴로 무슨 일이냐고 묻는데, 하늬는 그저 끅끅 울어 대기만 했다. 산소 부족 알람이 울리는 줄도 몰랐다. 금세 가슴이 답답해지고 심장이 쪼그라지는 느낌이 들었다. 평소와는 달랐다. 왜 이러지, 왜 이러지, 생각하다 앞으로 고꾸라졌다.

타코츠보심근증, 혹은 상심 증후군. 나중에 알게 된 병명이었다. 사랑하는 사람의 갑작스러운 죽음, 이별, 불안 또는 극심한 스트레스가 있을 때 생길 수 있는 심장병. 하늬는 급성이었기 때문에 두어 달 치료 후 곧 정상으로 돌아온 것처럼 보였지만 결국 하늬의 심장은 제 기능을 다 하지 못했다. 엄마가 돌아가시고 2년 뒤 열두 살이

된 어느 날 모래바람 속에 쓰러지며, 가슴이 죄어 오고 심장이 다 타 버릴 것 같은 고통 속에 하늬는 생각했다.

'이제 죽는 거야. 끝나는 거야.'

마음 한편에서 끓어오른 두려움이 온몸을 타고 흘렀다. 이게 끝이어서 반가운 마음이 들면서도 이렇게 끝이어서 더없이 서러웠다. 죽음이 밀려드는 순간 깨달았다. 너무너무 살고 싶다는 것을.

삑!

코스모스가 보낸 알림음에 정신이 번쩍 들었다. 하늬는 두 눈에 초점을 맞추고 우주선 착륙 지점과 격납고 사이에 거미줄처럼 그어진 활주로를 바라봤다. 바로 아래 지름 10미터 원형 착륙 지점에 코스모스호를 내리면 자기 부상으로 연결된 활주로를 따라 격납고까지 자동 운행이 될 것이다. 그 시간 동안 하늬는 아직 잠 속에 빠진 아이에게 보호복을 입혀야 했다. 함께 나가든 두고 나가든 저 아이도 숨을 쉬어야 할 테니까.

삑, 삑, 삑, 삑.

코스모스호가 착륙 지점에 안착했다. 하늬는 얼른 일어나 소독실에 넣어 두었던 비상용 보호복을 꺼내 들었다. 산소 농도와 중력 장치를 확인하고 아이의 키에 맞게 보호복의 팔과 다리 길이를 조금 조절했다. 누워 있는 아이에게 보호복을 입히는 일이 마음처럼 쉽지 않아 땀을 뻘뻘 흘려야 했다. 마지막 헬멧까지 씌우고 나자 누워 있는 아이는 누가 봐도 화성인 같았다. 하늬는 재빨리 보호복을 입으며 머릿속에 떠오르는 인물들을 수없이 나열했다. 비교적 최근에 자신이 가져간 보물을 샀던 사람들, 어둠 속에서 킬킬거리며 보물을 품속에 넣어 가던 사람들, 화성인이라면 누구나 뉴스에서 한 번쯤 본 적 있는 그 사람들을 말이다. 그중에 의사도 있었던가? 하늬 머릿속에 긴 머리를 질끈 묶은 50대 아저씨가 떠올랐다. 하늬에게 '넌 아직 살아 있어.'라고 속삭이라 말해 줬던 보에데오 아저씨. 어쩌면 그 아저씨에게 도움을 받을 수 있지 않을까 생각했다. 안타깝게도 보물 경매장에서 그 아저씨를 본 적은 없지만.

"격납고 5A 3-6지점에 머물겠습니다. 이상, 코스모스였습니다. 감사합니다."

코스모스의 목소리가 사라졌다. 환하던 우주선 안의 불빛이 꺼지고 노르스름한 경계등만 들어왔다. 이제 코스모스호에서 나가야 할 시간이었다. 하늬는 낑낑대며 아이를 업었다. 그때였다.

철커덕!

꼬리방 외부 출입문 손잡이가 빙그르르 돌아가고 있었다. 격납고에 들어오는 순간 우주선의 잠금장치는 모두 해제된다. 화성의 안전을 지키기 위한 조치였다. 지금 하늬에겐 가장 위험한 조치였다.

7

흠칫 놀란 하늬는 그대로 굳어 버렸다. AI 요원들이 이제 막 격납고에 들어온 우주선 안으로 들어서는 일은 매우 드문 것이었다. 머릿속에 물음표가 떠다녔다.

"내 이럴 줄 알았지."

진이었다. 하늬는 저도 모르게 한숨을 훅 뱉어냈다.

"업고 나가려고? 넌 도대체 정신이 있냐 없냐."

진이 혀를 끌끌 차며 등 뒤 두툼한 가방 안에서 검은 튜브 상자를 꺼내 들었다. 빨간 버튼을 누르자 튜브 상자가 후우욱 부풀어 오르며 높이 1미터, 폭 50센티, 길이 1미터 70센티짜리 네모반듯한 상자가 되었다. 우주선 외부 출입문을 통과하기에 제법 편안하게 제작된 맞춤용 이동 상자였다.

"왜 이 방법이 좋은지 설명해 줄게. 첫째."

"아냐, 고마워! 아주 고마우니까 첫째 둘째 이런 거 하지 말고 그 냥 해 줘."

하늬의 다급한 목소리에 진은 선심이라도 쓰는 양 고개를 끄덕였다.

"뭐, 그래 주지."

진은 얼른 하늬 등 뒤로 와 아이를 조금 뒤쪽으로 당기고 겨드랑이 사이로 팔을 끼워 꽉 옭아맸다.

"하늬, 뭐 해? 너도 잡아. 아니, 그쪽 말고 다리 쪽."

하늬는 진의 지시에 따라 아이의 양다리를 잡아 들고 아이를 상자 안쪽으로 눕혔다. 아이의 몸집이 작아 다행이었다. 보호복을 입었는데도 머리 위쪽으로 공간이 조금 남았다. 걱정스럽게 아이를 내려다보는 하늬의 어깨를 진이 툭툭 쳤다.

"비켜 봐. 이 안에서 달그락거리면 안 되니까."

진은 가방에 잔뜩 넣어 두었던 보물들을 꺼내 아이와 상자 사이 빈 곳을 채워 넣었다.

"이래도 돼?"

진은 언제나 제 목숨만큼이나 보물들을 소중하게 대했다. 아주 작은 물건 하나라도 허투루 포장하는 법이 없었다. 공기가 빵빵하게 들어간 포장용지에 정성스레 물건을 싸고 그 위로 또 한 번 충격 흡수제가 들어간 포장용지를 써서 늘 이중으로 꽁꽁 싸맸다. 덕분에 아이는 상자가 흔들릴 때마다 겪을 충격을 모두 흡수하고도 남을 안전 장치를 얻은 셈이다.

"뭐 이렇게 된 거 어쩌겠어. 내가 안 봤으면 모를까."

진은 대수롭지 않다는 듯 담담하게 말했다. 하늬는 진을 보며 조금 의외라고 생각했다. 다른 사람의 보물을 낚아채 비싼 값에 팔아치우는 파렴치한이라고만 생각했는데 그게 다는 아닌 것 같았다.

문득 진이 고개를 돌리고 하늬를 바라봤다.

"근데 너, 검색대 통과할 때 보여 줄 보물은 있냐?"

"아니, 없는데."

"아오, 정말."

진이 짜증스러운 얼굴로 자기 가방에 있던 물건 두 개를 하늬에게 내밀었다. 하긴 보물 사냥꾼이 아무런 물건 하나 없이 검색대를 통과하는 건 확실히 이상한 일이었다. 하다못해 지구인들이 사용했던 숟가락 하나라도 가져오는 게 정상이었다. 하늬는 얼른 가방 안으로 진에게서 받은 물건을 넣었다.

"얘, 산소 용량은 체크했어?"

"응, 3일치는 돼."

"다행이네."

진이 문밖으로 나서며 상자를 끌어당겼다. 하늬도 얼른 가방에 물건을 넣고 상자를 밀었다. 격납고로 나온 하늬와 진은 누가 먼저랄 것도 없이 당연히 해야 할 일을 하고 있다는 듯 자연스러운 움직임으로 소독실 쪽으로 걸었다. 상자를 들고 있는 두 사람을 의심스러운 눈길로 보는 사람이나 AI 요원은 없었다. 보물 사냥꾼들은 으레 지구 탐사 동안 쓴 각종 물품을 가지고 소독실에 들어가야 했고,

쓰레기들은 검은 튜브 상자에 넣어 소독실 옆 쓰레기장에 버렸다. 다행히 이번 격납고는 소독실에서 멀지 않은 곳에 배정받았다. 하늘이 도운 것으로 생각했다. 한 무리의 AI 요원 팀이 두 구역쯤 멀어진 걸 확인한 진은 얼른 소독실 출입문 옆, 안면 인식 모니터에 얼굴을 들이밀었다. 그러는 사이 하늬는 한 발짝 뒤로 물러서서 진의 뒷모습을 바라봤다. 보호복을 입었을 때나 벗었을 때나 몸집이 비슷해 보였다.

'새로 나온 보호복이네.'

얇지만 모든 기능은 월등히 향상된 차세대 보호복이었다.

'돈 좀 벌었나 보지? 쳇!'

하늬는 두툼하기 짝이 없는 자기 보호복을 내려다보며 입술을 삐죽였다.

"뭐 해?"

진의 목소리에 흠칫 놀라 고개를 들어 올렸다. 창고 문이 열렸고 진은 상자를 당기고 있었다.

"좀 밀어 주겠니?"

멍하게 서 있는 하늬에게 진이 이를 앙다물며 말했다.

"아, 미안 미안."

하늬는 얼른 안면 인식 모니터에 얼굴을 대어 신분 확인을 하고 상자를 밀며 소독실로 들어갔다. 조금 뒤 소독실 문이 닫혔다. 잠깐의 어둠 그리고 노르스름한 경계등. 푸쉬쉬쉬시, 사방에서 뿜어져 나오는 소독 연기. 그것이 사라지자마자 나오는 빨간 불빛. 그제야 후우, 한숨이 비어져 나왔다.

"얘, 정말 괜찮을까? 사실 아까 우주선 안에서 한 번 깨어났었어."

"뭐? 그 얘길 왜 이제 해?"

진이 놀란 얼굴로 상자를 열어 물건들 사이를 헤집었다. 그리고 아이의 얼굴을 확인하려는 듯 헬멧의 불을 켰다. 아이는 여전히 두 눈을 감고 있었다.

"뭐래? 아무 말 없었어?"

"몰라. 직접 본 건 아니야. 소리가 났었어. 내가 봤을 땐 이미 다시 잠에 빠진 뒤였고. 안에서 좀 놀랐던 거 같아. 이마가 발갛게 부었더라. 아마 일어나려고 했거나 문을 열려고 해 봤는데 안 됐거나 뭐 그런 게 아닐까 싶어."

진은 깊은 생각에 빠진 것처럼 한동안 말이 없었다.

"하늬."

"응?"

"지금으로선 방법이 없어. 이것밖엔."

"그래, 알아."

보물 사냥꾼들과 연결된 쓰레기 수거반은 보물 사냥꾼들의 쓰레기를 소각장으로 보내지 않고 1세대 돔 지역의 약속된 장소에 넣어 두고 간다. 물론 사람이 살지 않는 빈집으로. 그러니까 보물 사냥꾼들의 쓰레기는 그냥 쓰레기가 아닌 거다. 진이 보호복 팔목에 달린 미니 스크린을 들여다봤다.

"15분 정도 있으면 수거반이 올 거야."

진의 눈동자가 번뜩였다. 하늬는 아이의 얼굴을 바라봤다. 아무 것도 모르는 얼굴로 곤히 자는 모습을 보니 불안감이 밀려들었다. 혹시 수거반이 채 옮겨 놓기 전에 잠에서 깨어나면 어쩌지?

진은 상자 뚜껑을 내려서 닫고 수거반이 알아볼 수 있도록 표식을 남겼다.

"우리가 최대한 빨리 움직이는 수밖에 없어. 수거반보다 먼저 도착해야 해."

"그래."

시간은 참 더디게도 흘렀다. 진과 하늬는 벽 쪽 의자에 앉아 어슴푸레한 조명 속에서 각자의 몸 위로 쏟아지는 각종 레이저 빔을 바라봤다. 괜스레 구석진 곳을 바라보다 눈길이 마주치기도 여러 번이었다. 딱히 할 말이 없었다. 그다지 친한 것도 아닌데 그동안 어떻게 살았냐고 묻는 것도 이상하고 어떤 보물들을 팔아넘겼냐고 묻는 것도 어쩐지 이상했다.

"너."

진의 목소리에 흠칫 놀란 하늬가 진을 바라봤다.

"얼굴이 그대로다."

1년 사이 변하면 얼마나 변했을까.

"귀여워."

하늬는 저도 모르게 온몸이 굳어 두 눈을 끔벅이기만 했다. '귀여워, 귀여워, 귀여워.' 진의 목소리가 머리를 통, 통, 때리고 가는 것 같았다. 혹시 지금 입이 벌어졌을까? 하늬는 얼른 제 입술에 힘을 주고 꾹 다물었다. 큭, 진이 재밌다는 얼굴로 슬쩍 미소 지었다. 오른쪽 볼에 움푹 팬 보조개가 눈에 들어왔다. 뱃가죽이 간질거리는 기분이었다. 트르륵 트르륵, 쓰레기 수거반이 모는 트럭 바퀴 소리가 들리기 시작했다. 하늬는 얼른 일어나 문 가까이 다가섰다.

"가자."

"그래."

하늬와 진은 소독실 문을 열고 아이가 누워 있는 검은 상자를 다시 끌어냈다. 조수석에 타고 있던 수거원이 내려 진의 얼굴을 보더니 흠칫 놀란 표정을 지었다. 대부분 표식을 남겨 둔 상자를 내어놓기만 하지, 보물 사냥꾼들이 직접 지키고 서 있는 일은 없었다.

"예, 뭐, 좀 큰 거라서요. 하하."

진은 일부러 크게 웃었다. 수거원을 어디서 본 것만 같은 생각이 들었지만 정확하지 않았다. 괜스레 알은체했다가 곤란한 상황이 생길 수도 있었다. 보물 사냥꾼도 수거원도 서로가 누구인지 알게 되는 걸 원치 않았으니까.

수거원은 알았다는 듯 조그마하게 고개를 끄덕이더니 트럭 뒤꽁무니에 붙은 빨간 버튼을 꾸욱 눌렀다. 삐, 삐, 소리가 나며 젓가락처럼 기다란 금속이 트럭 뒤꽁무니에서 튀어나와 하늬 앞에 놓여 있던 검은 상자를 들어 올려 트럭 안쪽으로 옮겨 넣었다. 그것 말고도 몇 개 더, 쓰레기통에 들어 있던 각종 쓰레기가 트럭으로 들어갔다. 트럭 바퀴가 다시 앞쪽으로 굴러가는 걸 확인한 하늬와 진은 미친 듯이 달리기 시작했다. 어서 터미널 안으로 들어가 검색대를 빠져나가야 했다. 물론 그 전에 줄을 서서 항바이러스 주사도 맞아야 했다. 화성이 뭐 얼마나 깨끗한 행성이라고 이렇게 유난을 떠는지 알 수 없지만 정해진 규칙이니 따르지 않을 방법이 없었다. 마음이 급했다. 오늘따라 터미널 안이 관광객들로 꽉 차 있었다. 어디서 단체 관광이라도 끝내고 들어오는 것인지 저마다 팔뚝 미니 스크린에 '갤럭시 관광 팀'이라는 글자가 번뜩였다. 우주로 나가 화성 전체를 둘러보거나 성단을 구경하는 게 전부일 텐데도 관광 사업은 날로 번창했다.

"또 드림워터사네. 거긴 물에다 산소에다 건설에다 관광에다, 돈 되는 굵직한 일은 다 도맡아 하고 있어. 여기가 화성인지 드림워터 행성인지 모르겠다니깐."

하늬가 툴툴거리며 하는 얘기에 진은 아무런 관심이 없어 보였다. 하늬는 조금 멋쩍었다. 뭐 이렇게까지 무관심할까, 자기도 화성인이면서.

"가자, 저쪽 줄이 짧아."

진이 하늬의 손목을 잡아끌었다.

8

"역시 우주에서 바라보는 화성은 정말 최고라니까!"

관광 팀으로 보이는 아주머니가 뒤에 선 사람에게 작년엔 어땠
네, 그전엔 어땠네 하며 너스레를 떨었다. 한참을 맞장구치며 들어
주던 다른 아주머니가 소곤거리듯 말했다.

"그래도 난 지구에 한 번 꼭 가 보고 싶더라."

두 사람은 곧 한숨을 내뱉었다.

"박물관이나 가 봐야지 뭐. 호호호."

한숨이 무색하게 긍정적인 대화를 나누던 사람들은 다시 화성 얘
기로 들떴다. 주사를 맞고 검색대를 통과하기까지 진과 하늬는 듣
고 싶지 않아도 들리는 아주머니와 아저씨들의 목소리에 머리가 멍
해지는 기분이었다.

삐익삐익!

저만치 앞쪽 검색대에서 경보음이 울리자마자 AI 요원들이 그곳으로 달려갔다. 딱 봐도 오래돼 보이는 두툼한 보호복을 입은 남자가 AI 요원에게 양팔을 잡힌 채 두 다리로 버티고 서서 소리쳤다.

"난 문제없어! 아무 문제 없단 말이야!"

사람들이 웅성대기 시작했다. 돔 지역, 부랑자, 범죄자 같은 말들이 사람들 사이를 떠돌았다. 하늬는 저도 모르게 한숨을 내뱉었다. 어쩌면 남자는 여행 경비를 마련하기 위해 정기적으로 맞아야 하는 주사 중 하나를 빠트렸을 것이다. 어쩌면 남자는 여행 중 필요한 최고급 산소를 충당하기 위해 누군가의 돈을 훔쳤을 것이다. 어쩌면 남자는 돔 지역에 살고 있다는 이유 하나로 누군가에게 의심을 샀고 세부 검사 대상으로 신고되었을 것이다. 지상에 산다는 건 그런 거였다. 남자는 요원들에게 질질 끌려가며 마지막까지 소리쳤다.

"왜 이래? 이거 놓으란 말이야! 나도 화성 사람이야, 나도 똑같은 화성 사람이라고!"

남자는 터미널 안에 꽉 차 있는 사람들을 반으로 가르며 밖으로 끌려 나갔다. 여기저기에서 혀를 끌끌 차는 소리가 들려왔다. 남자를 동정해서가 아니었다. 남자를 한심하게 생각하는 거였다. '똑같은 화성 사람'이라는 말에 누구도 동의하지 않았다. 적어도 터미널 안을 꽉 채운 사람들은 지상의 밤이 얼마나 고독한지 모르는 이들이었다.

"우린 괜찮겠지?"

하늬가 물었다. 진은 별걱정을 다 한다는 얼굴로 씩 웃었다. 역시 검색대는 무리 없이 통과할 수 있었다. 탐사원이라는 신분은 가장 빠르고 확실한 방패막이가 되어 주었다. 터미널을 빠져나온 하늬는 정거장으로 달리기 시작했다. 버스 시간을 확인해야 했다. 돔 지역으로 가는 버스는 한 시간에 한 대뿐이었다. 다시 30분을 기다려야 했다.

"어쩌지? 시간이……."

하늬가 뒤돌아본 곳에 진은 없었다. 분명 터미널 출구까지 함께 나왔는데 갑자기 어디로 사라진 걸까. 자기가 너무 빨리 뛴 걸까 생각하며 주위를 두리번거리는데 뿌아아앙, 경적이 울렸다. 흠칫 놀라 뒤돌아섰다. 눈앞에 자가 비행선이 착륙 중이었다. 자가 비행선은 화성 내에서만 사용하는 최고급 이동 수단이다. 올라갈 수 있는 높이에 한계가 있지만 값은 어마어마하게 비쌌다. 조수석 자동문이 열렸다. 운전석에 앉은 진이 하늬를 보며 웃었다.

"가자!"

'도대체 보물을 얼마나 팔아먹은 거야?' 하는 생각이 절로 났다. 멍해 있는 하늬에게 진이 다시 한번 손짓했다. 그래, 지금은 가야할 때. 하늬는 얼른 진의 비행선에 올랐다. 둥둥 떠 가는 기분이 코스모스호를 몰 때와는 사뭇 달랐다. 4D 놀이기구를 타고 있는 기분이랄까. 몸체가 작은 비행선이라 그런지 조금만 고도가 올라가도 몸의 느낌이 확 달라졌다. 비행선이 지나는 길마다 흙먼지가 일었다. 이래서 돔 지역 사람들은 자가 비행선을 싫어한다. 그렇지 않아도 모래바람이 온 마을을 뒤덮는데 돈 많고 철없는 어린애들이 자가 비행선을 장난삼아 몰고 지나갈라치면 온 마을에 비상벨이 울렸다.

"속도 좀 줄여."

하늬 목소리에 신나게 비행하던 진이 돌아봤다. '왜?' 하고 묻는 것 같았다.

"모래바람. 보기만 해도 숨 막혀."

하늬의 가라앉은 목소리에 진이 속도를 조금 늦췄다. 이미 쓰레기 수거반 트럭은 앞지른 뒤였다.

"저기야."

진은 자신이 표식해 두었던 지점 앞에 비행선을 착륙시켰다. 늦은 오후여서 온 세상이 거뭇거뭇하게 변하고 있었다. 하늬는 얼른 비행선 밖으로 나와 초조한 마음으로 트럭을 기다렸다. 혹시라도 아이가 깨어났을까 봐 마음이 불편했다. 자기를 바라보던 눈동자, 발갛게 부어 있던 이마가 떠올랐다. 진은 잠시 비행선 안에 머물며 누군가와 얘기를 나누는 것처럼 보였다. 먼 곳을 보며, 가끔은 하늬를 돌아보며 진은 헬멧 안에서 끊임없이 입술을 움직였다. 전화를 하는 거였다. 돔 지역 안에서도 통신이 잘되는 걸 보면 확실히 진의 보호복은 성능이 좋은 것이었다.

조금 뒤 흙먼지를 일으키며 트럭이 도착했다. 수거원은 조수석에서 나와 별일 아니라는 듯 검은 상자를 끌어내고 비어 있는 집 안으로 밀어 넣었다. 손길이 어찌나 거칠던지 하마터면 욕이 나올 뻔했다. 하늬는 떠나는 트럭을 바라보며 혀를 끌끌 찼다.

"저렇게 하고서는 보물이 부서져도 나 몰라라 하겠지."

하늬는 아직도 통화 중인 진을 부르기 위해 운전석 쪽으로 다가갔다. 톡톡, 유리창을 두드리자 진이 말을 멈추고 하늬를 올려다봤다. 그러고는 손을 슬쩍 흔들었다.

"하늬, 나 먼저 갈게."

"뭐? 어딜?"

"알면 같이 가게?"

"뭐?"

하늬가 어이없어하자 진이 또 보조개가 움푹 파이도록 웃었다.

"이 비행선, 우리 아빠 거야. 갖다드려야 해."

"아."

"조심하고 있어. 들키면 안 되니까. 금방 올게."

진이 사라졌다, 희뿌연 먼지를 남기고 어둑한 대지 끝으로. 이상하게 허전한 마음이 들었다. 하늬는 얼른 고개를 털고 집 안으로 들어섰다. 사람이 살지 않는 곳이라 전기도 들어오지 않았다. 공기 정화 장치가 작동하지 않을 것도 뻔했다. 하늬는 한숨을 훅 뱉어내고 상자를 열기 시작했다. 아이는 괜찮을까. 바쁜 마음으로 상자 안을 들여다봤다. 이상하다. 높이가 이 정도밖에 안 됐던가? 물건들이 꽤 바닥 쪽까지 내려가 있는 것처럼 보였다. 하늬는 얼른 진이 넣어두었던 물건들을 들어 올렸다. 어느새 바닥이 보였다. 없다. 아이가 없다!

하늬는 집 밖으로 뛰쳐나왔다. 무슨 일이지, 이게 무슨 일이지? 머릿속이 엉망진창이 되었다. 뭘 생각해야 하는지, 뭘 걱정해야 하는지 뒤죽박죽으로 섞여 버렸다. 보물은 그대로인 것처럼 보였다. 적어도 기억이 제대로 된 것이라면 말이다. 아이만 달랑 사라져 버렸다. 이럴 수도 있나? 트럭에 상자를 싣는 걸 봤고 트럭에서 상자를 내리는 것도 봤다. 그런데 어떻게 감쪽같이. 이게 무슨 상황일까. 진, 진에게 알려야 한다. 어떻게? 통신 번호도 모르는걸. 집도 모르는걸. 이제 어쩌지? 다리 힘이 풀렸다. 하늬는 그 자리에 스르륵 주저앉아 버렸다.

휘이잉, 휘이잉! 거대한 모래바람이 몰려오는 소리가 들렸다. 우선은 자리를 피해야 했다. 하늬는 다시 어둑한 집 안으로 들어섰다. 헬멧의 불빛을 켜고 상자 안을 한 번 더 들여다봤다. 모든 가능성을 열어 놓고 생각해야 했다.

첫째, 아이가 깨어났다. 일어나 보니 어둑하고 냄새나는 공간이다. 아이는 겁에 질렸고 스스로 상자 문을 열어 밖으로 나왔다. 돌아보니 온통 쓰레기다. 도대체 이곳은 어디인지, 자기가 왜 이상한 옷을 입고 있는지 생각한다. 안전하지 않다고 느낀다. 바다로 돌아가야겠다고 생각한다. 이곳이 지구라고 착각하는 거다. 도망칠 결심을 한다. 혼자 트럭 뒷문을 열고 밖으로 걸어 나왔다. 상자 문을 다시 잘 닫아 두는 것도 잊지 않고. 가능성이 몇 퍼센트나 될까.

둘째, 아이가 깨어났다. 보호복을 입고 있는 걸 자각하고 안심한다. 산소 농도를 체크한다. 아직 시간이 남아 있다. 주변을 둘러보니 쓰레기 수거 트럭인 것 같다. 어디론가, 그러니까 보물 사냥꾼들이 약속한 장소로 이동 중일 거라고 예상한다. 정말 아이가 보물 사냥꾼의 조수였다면 예측 가능한 상황이니까. 아이는 생각한다. 아마도 이 트럭은 몇 군데쯤 멈추어 다른 진짜 쓰레기들을 트럭 안으로 쏟아부을 것이라고. 그럼 기다려야 한다. 때를 맞춘 아이는 유유히 트럭 안에서 걸어 나와 자기 집으로 돌아갔다. 누군지 모르지만 자신을 살려 준 사람들에게 감사의 마음을 전하며. 이건 좀 더 가능성이 클 것 같다.

그리고 셋째, 아이는 아직 잠들어 있다. 누군가 상자 안을 열었다. 사람이 누워 있다. 아이를 꺼낸다. 그리고 다시 트럭은 출발한다. 이렇게 되려면 쓰레기 수거반과 누군가가 이 일에 대해 알고 있어야 한다는 전제 조건이 따른다. 아이와 관련된 일은 진과 하늬만의 비밀이었다. 그렇다면 진? 그러니까…… 진이 자가 비행선 안에서 누군가와 통화를 했다. 그게 아빠가 아니었다면? 아니, 아니! 수거반이 항상 이런 식으로 일을 하고 있었을 수도 있다. 그 안에 어떤 물건이 들었는지 확인했을 수도 있다. 하필 오늘 일을 맡게 된 수거원이 완전 초짜여서 보물 사냥꾼들의 물건을 빼돌렸다가 어떤 일을 겪게 되는지 몰랐을 수도 있다. 그래, 그랬을 수도 있다. 아니, 그랬을 거다.

하늬는 차마 진이 자신을 속이고 아이를 빼돌리려던 거라고는 생각하고 싶지 않았다. 굳이 진에게 그럴 만한 이유가 없었다. 누구인지도 모르는 아이인데, 바다에 그냥 버려두고 올 생각을 했던 진인데. 하늬는 첫째, 둘째, 셋째를 강하게 힘주어 말하던 진의 목소리를 떠올리고는 헛웃음을 짓고 말았다. 어디서부터 어떻게 꼬여 버린 것인지, 진을 어디서부터 어디까지 믿어야 하는지 가늠이 되지 않았다.

터덕 턱, 턱!

모래바람에 굴러온 돌덩이들이 지붕과 벽면을 때리고 지나는 소리가 들렸다. 하늬는 그 자리에 그대로 앉아 두 눈을 꾹 감았다. 한밤의 바람 소리가 그 어느 때보다 두려웠다.

9

하늬는 보호복을 입은 채로 잠이 들었다. 어차피 산소 발생기도 작동이 안 되는 집이니 그럴 수밖에 없기도 했다. 갑자기 사방에서 대낮보다 환한 하얀빛이 탁, 탁, 켜졌다. 두드드드, 하늘을 울리는 굉음도 들렸다. 하늬는 흠칫 놀라 자리에서 일어섰다. 창밖으로 하얀 불빛들이 어지럽게 날아다녔다. 쿵쿵, 문을 두드리는 소리가 들리는가 싶더니 어느새 문이 퍽, 떨어져 나가고 커다란 레이저총을 든 AI 요원들이 들이닥쳤다. 하늬는 두 손을 번쩍 들어 올리고 대항할 의사가 없음을 밝혔다. AI 요원들이 다가와 하늬를 양쪽에서 잡아 올렸다. 발이 공중에 붕 떴다. 밖으로 끌려 나간 하늬는 여기저기에서 찰칵거리는 카메라 플래시 불빛을 느꼈다. 하하하하, 으하하하! 소름 끼치는 웃음소리가 들렸다. 하늬는 고개를 들어 자신을 한껏 비웃고 있는 사람을 바라봤다.

"진!"

흠칫 놀라 꿈에서 깨어났다. 하늬는 아직 어둠뿐인 방 안을 둘러보고 한숨을 푹 내쉬었다. 꿈에서도 꿈이기를 바랐다. 설마, 진짜 이런 일이 일어나진 않았기를 바랐다. 그러면서도 붕 떠 있는 발의 느낌이 너무 사실적이어서, 자신을 보며 웃고 있는 진의 얼굴이 너무 서운해서 왈칵 눈물이 쏟아질 뻔했다. 혹시라도 아이가 화성인이 아니라 지구인이라면 꿈은 실제로 일어나고도 남을 일이었다. 화성 연합 정부의 허락 없이 그 어떤 생명체도 화성에 발을 들일 수 없다. 초창기 보물 사냥꾼 중 지구의 식물을 화성에 들여왔다가 그 식물로 인해 바이러스가 퍼져 애꿎은 화성인 열두 명이 목숨을 잃은 적이 있다. 그 후로 검색대 통과는 더욱더 까다로워졌다. 보물 사냥꾼들이 쓰레기 수거반과 손을 잡기 시작한 것도 그때부터였다. 그러니까 사람을 화성에 들여놓는 일은 더 예측 불가능한 위험을 동반하는 것이었다. "들키면 안 돼. 금방 올게." 하고 말하던 진의 얼굴이 떠올랐다. 혹시 이곳에 남아 있는 것도 위험한 일일까? 하늬는 창가로 걸어가 어둠뿐인 바깥을 내다봤다. 그 아이가 정말로 보물 사냥꾼의 조수였으면 좋겠다고 생각했다. 지금 바랄 수 있는 것은 그것뿐인 듯했다.

조금 있으니 앞쪽 구역 은빛 돔에 부딪힌 새벽빛이 대지 곳곳으로 퍼져나가는 게 보였다. 금방 오겠다던 진은 밤이 새도록 오지 않았다. 설마, 정말 진이었을까? 진이 수거원들에게 무언가를 지시했을까? 도대체 왜? 그 아이를 어쩔 생각으로? 하늬는 무거워진 마음으로 집을 나섰다. 아이가 없는 검은 상자는 한쪽 구석에 놓아두었다. 그 안에 있던 물건들을 가져가 버릴까 생각하지 않은 건 아니었다. 하지만 적어도, 정말 이 모든 일이 진이 벌인 것이라면, 그와 똑같은 사람이 되고 싶지는 않았다. 주인이 누구인지 번연히 알고 있는데도 아무렇지 않게 가져가 자기 것으로 만드는 파렴치한이 될 수는 없었다. 이건 지구인들이 쓰던 물건들, 그들이 사용했던 유물을 가져와 되파는 것과는 확실히 다른 문제였다.

하늬는 3구역 쪽으로 걷기 시작했다. 보호복의 산소를 충전해야 했다. 할아버지를 만나기 전 살았던 집, 할아버지가 돌아가시고 다시 돌아가게 된 집으로 가야 한다. 장례를 마치고 할아버지와 함께 살던 2세대 주택에서 나와 다시 돔 지역에 돌아온 후에야 알았다. 인공 심장을 다는 데는 엄청나게 많은 돈이 필요하다는 걸, 그 수술에 필요했던 모든 돈은 그 집을 담보로 마련했다는 걸.

오늘따라 돔 지역의 붉은 흙바닥은 더 메마르고 거칠어 보였다. 애초에 버스를 탈 생각은 없었다. 마음은 급한데 몸이 급하게 움직여지지 않았다. 꿈 때문인지 모든 것이 얼얼하게 다가왔다. 지구의 바다에서 갑자기 튀어나온 아이를 만났던 일부터가 어쩌면 모두 거짓인 것처럼, 무언가 알 수 없는 함정에 빠져 혼자만 허우적대는 기분이었다. 쓸쓸했다. 할아버지가 옆에 있었다면 무엇을 해야 할지 알려 주었을 텐데.

집 안으로 들어온 하늬는 보호복을 훌러덩 벗어 버렸다. 마음 같아선 지금 당장 샤워를 하고 싶지만 아직 물을 쓸 수 있는 시간이 아니었다. 돔 지역에 살면서 가장 불편한 게 시간에 맞춰 물을 써야 하는 일이었다. 사람이 참 간사해서 늘 당연하게 지키며 살던 것들이 할아버지와 살게 된 몇 년 사이 변해 버렸다. 지하 주택에서는 느낄 수 없었던 모래바람도, 하루 세 번 정해진 시간에만 물이 나오는 것도, 자주 고장을 일으켜 몸을 붕 뜨게 만들어 버리는 중력 조절기도 다 마음에 안 들었다.

'좀 저장해 놓고 갈걸.'

혹시나 해서 열어 본 욕실 안 욕조에는 물 한 방울 남지 않았다. 하릴없이 냉장고를 열었다. 차곡차곡 쌓아 올려진 스낵들이 눈에 들어왔다. 몸에 좋다는 각종 비타민과 무기질이 첨가된 식사용 스낵이었다. 종류별로 사 놓긴 했지만 그다지 손이 자주 가지는 않았다. 그저 배고파 죽지 않을 만큼만, 하루에 한 번이고 두 번이고 허기를 채울 목적으로만 먹었다. 맛을 느끼고 싶다면 가상 현실 음식 체험 프로그램을 켜는 게 훨씬 나았다. 무엇보다 스낵 포장지에 '드림워터'라고 찍힌 회사 로고가 마음에 안 들었다.

'나쁜 새끼들.'

아직도 드림워터 로고만 보면 배 속에서부터 뜨거운 것이 울컥 치받쳐 오르는 것 같았다. 엄마가 돌아가신 뒤 드림워터사 법률 자문단이라며 하늬를 찾아온 사람들은 엄마의 죽음이 온전히 엄마의 잘못이라는 말만 되풀이했다. 어린 하늬는 그게 무얼 의미하는지 몰랐다. 한 달에 한 번씩, 한 달 먹을 스낵을 냉장고에 채워 주고 1년에 한 번, 낡은 보호복을 새것으로 교체해 주겠다는 것이 대단한 호의인 줄 알았다. 깨알 같은 글자가 빼곡한 그 손바닥만 한 스크린에 사인하지 않았다면 하늬의 생활이 조금은 달라졌을까? 몇 년 뒤, 할아버지를 만나고서야 알았다. 그 법률 자문단이 내민 건 '산재 소송 포기 각서'였다는 걸.

방으로 들어온 하늬는 컴퓨터를 켜고 탐사원 홈페이지로 들어갔다. 보물 사냥꾼들의 정보를 볼 수 있는 유일한 통로였다. 주소나 연락처 같은 개인 정보는 불가능했지만 탐사원들과 관련된 사건 사고 소식은 볼 수 있었다. 혹시 지난 몇 달 사이 조난됐거나 사라진 보물 사냥꾼이 있는 건 아닐까 내내 생각했다. 경험에 비추어 봤을 때 사라진 아이가 지구 바다 한가운데 있었던 이유로는 그보다 적합한 게 없었다. 지구에서 태어나 지구에서 살아왔다고 하기엔 아이의 모습이 너무나 깨끗하고 정상적이었다. 보물 사냥꾼 모임 때마다 보아 왔던 지구인들의 사진 속 모습과는 완전히 달랐다. 보물 사냥꾼들은 익숙하지 않은 장소에서 지구인을 만나게 되었을 때 어떻게 해야 하는지 정기적으로 훈련을 받았다. 지구인과의 거리에 따라 행동 강령이 달라졌는데 아이가 하늬에게 안겼을 때의 거리라면, 만약 그곳이 바다가 아니었다면, 하늬는 레이저총을 쐈어야만 했다.

'없네, 없어……'

탐사원으로 등록된 인원은 총 25명. 그중 누구 하나 사라지거나 조난됐다는 정보는 없었다. 명단을 훑어보던 하늬는 '진'이라는 글자에 멈춰 한참을 바라봤다. 진은 지금 어디에 있을까. 집? 아니면 상자를 찾기 위해 돔 지역 4구역으로 갔을까? 진에게 연락하려면 어떻게 해야 하지? 어쩜 10개월 넘게 같이 훈련받아 놓고 이렇게 아무것도 모를 수가 있을까, 자신이 한심스러웠다.

쿡, 갑자기 가슴이 찔리는 것처럼 아팠다. 코로 한껏 숨을 마셨다가 코로만 다시 뱉어내기를 여러 번, 쿵쿵대던 가슴이 조금 진정되었다. 컴퓨터 한쪽 화면에 '앞으로 180일'이라는 글자가 보였다. 얼마 전까지 백 단위가 2였던 걸 본 것 같은데 벌써 180일이라니. 앞으로 180일, 하늬의 인공 심장이 수명을 다하는 날.

2세대 주택에 살고 있던 할아버지가 전 재산을 털어 살 수 있는 인공 심장은 사용 기간이 5년으로 제한된 제품이었다. 그 제품을 사는 사람은 딱 두 종류였다. 하나는 돈이 아주 많아서, 5년 뒤엔 더 좋은 제품이 나올 테니 5년 후에 더 좋은 제품으로 인공 심장을 달겠다고 계획하는 사람. 다른 하나는 사용 기간이 5년인 제품밖에는 살 돈이 없는 사람. 하늬는 당연히 후자에 해당했다. 할아버지는 돌아가시기 전까지 그 점을 내내 미안해했다. 조금 더 좋은 것으로, 조금 더 비싼 것으로 하늬의 삶이 연장되길 원했다. 그래서 쉴 새 없이 지구로 갔고 제법 많은 보물을 팔아 치웠다. 3세대 지하 아파트로 들어가지 않고 꿋꿋하게 2세대 주택에 남아 있었던 건 온전히 하늬의 다음 생을 위한 것이었다. 하늬는 심장 부위에 손을 가만히 얹었다. 그리고 눈을 감았다.

'할아버지, 걱정 마요. 꼭 비싸고 좋은 심장으로 바꿀게요. 우선은…… 심장 잘 뛰던 그 애부터 찾고요.'

하늬는 자리에서 일어나 보호복을 입기 시작했다. 진의 연락처를 알 만한 사람, 유주를 만나 봐야 했다.

10

태양이 머리 위로 쨍하게 떠올랐다. 하늬는 돔 지역을 도는 순환 버스를 타고 2구역 쪽으로 갔다. 2구역 서쪽 경계 지점에 비어 있는 집이 있는데 이번 달 경매는 그곳에서 진행되기 때문이었다. 보물 경매사들은 비어 있는 돔 중에서 각각 선호하는 집을 골라 순번을 정했고 보물 사냥꾼들에게 그 장소를 알려 주었다.

하늬는 보물 경매사 유주와 2년째 거래 중이었다. 조용한 듯 강인한 목소리로 경매장의 분위기를 압도하는 것이 마음에 들었고 자신의 보물을 함부로 대하거나 우습게 보지 않는 태도가 좋았다. 물론 가장 좋은 점은 보물의 값을 높이는 데 일가견이 있다는 점이다. 보물 한 점을 팔기 위해 각종 영상을 준비하고 고대 사료를 분석하며 이야기까지 덧붙여 주니, 유주의 경매장은 늘 사람들로 붐빌 수밖에 없었다.

2구역 서쪽 지점에 내린 하늬는 익숙하게 앞쪽으로 걸었다. 50미터만 더 가면 대낮에도 집 안을 온통 검은 천으로 둘러친 은빛 돔이 반짝일 것이다. 대낮에 돔 지역에 남아 있는 사람이라고는 거동이 불편한 노인들뿐이지만 보물 경매사들은 주의를 늘 경계하고 또 경계했다. 자신을 찾는 고객이 고위직일수록 그 경계 태세는 더 강해졌다. 그럴 수밖에 없는 것이 고객들이 보물 경매사의 제1조건으로 내거는 건 언제나 '안전'이었다. 법을 만드는 사람들이 작당 모의해 법을 어기고 있었고 화성 내 물건 반입을 감시하는 사람들이 불법 유통 보물을 사들이고 있으니 그들이 생각하는 '안전'이란 건 아무래도 '나쁜 짓은 아무도 모르게 한다.'라는 의미였을지도 모르겠다. 사실을 따지고 보면 하늬 역시 한패거리였다. 그들이 원하는 걸 가져다주고 그들에게 돈을 받는 셈이니까. 그 생각만 하면 늘 명치가 묵직해졌다. 그러면서도 위안 삼았던 건 역시 할아버지의 말이었다.

'우린 지구의 과거를 찾는 사람들이란다. 켜켜이 쌓인 추억을 보물 삼아 되파는 거지. 누군가를 해칠 목적이 아니라면 그쯤은 괜찮지 않겠니?'

할아버지가 세상 더없이 맑은 눈으로 그렇게 말할 때면, 마치 보물 사냥꾼이 이 세상에 꼭 필요한 사람이기라도 한 것 같은 착각에 빠졌다. 지금 생각하면 그저 웃음이 나올 뿐이다. 아무리 포장한들 보물 거래는 불법이니까.

하늬는 할아버지 생각에 조금이나마 마음이 편안해졌다. 어느새 경매장 앞에 도착한 것도 기뻤다. 뭔가 좋은 일이 생기지 않을까, 이 안에서 아이의 행방을 알게 되지 않을까 기대감마저 생겼다. 현관 앞에 서자 붉은 점에서 쏟아져 나온 레이저가 하늬의 머리끝에서 발끝까지 주욱 훑고 지나갔다.

'방사능 수치 안전, 무기 소지 없음, 진입 가능.'

세 개의 문구가 문 앞에 번뜩이다 사라졌다. 당겨지는 문을 따라 안으로 들어섰다. 벽면을 따라 길쭉하게 세워진 보호복 소독장 가득 경매장에 온 고객들의 보호복이 걸려 있었다. 하늬는 헬멧만 내렸다. 오래 있을 생각은 아니었으니까.

조금 더 안쪽으로 들어갔다. 조용한 음악이 흐르고, 둥그런 벽천장에 노르스름한 조명등이 달려 벽면에 붙은 사진을 비추고 있었다. 현관에서부터 복도를 지나 안쪽 너른 거실까지 일정한 간격으로 붙은 사진은 다시 봐도 인상적이었다. 모두 지구에서 찾은 보물들이었다. 흙을 구워 만들었다는 여신상, 어느 왕실에서 썼다는 은수저, 엄청난 컴퓨터 공학자가 발명했다는 개인용 컴퓨터의 모니터, 아이가 그린 것처럼 보이는 그림 등 종류도 다양했다. 어떻게 보면 아무것도 아닌 것 같은, 또 어찌 보면 각각 엄청난 이야기를 담고 있을 것만 같은 지구의 보물. 인간의 삶에 최적화된 3세대 지하 아파트 단지에 사는 사람들이 이런 구시대 유물에 열광한다는 건 어찌 보면 아이러니한 일이었다. 아무것도 부러울 것 없는 삶을 사는 그들이 왜 지구인들이 쓰다 버린 것 같은, 혹은 자기 삶에 아무런 영향도 끼치지 않는 작은 물건 하나에 열광하는 것인지.

어찌 되었든 사진은 하나하나 아름다웠다. 꽤 진지한 얼굴로 사진을 보던 하늬는 가만가만 사진을 따라 걷다가 경매장 안쪽으로 들어가는 문 앞에 다다랐다. 못 보던 물건이 세워져 있었다. 이런 건 또 누가 가지고 왔을까? 머리부터 발끝까지 단단한 은빛 재질로 만들어진 보호복 같은 것이었는데 언뜻 오래전 지구에서 사용했다는 잠수복 같아 보이기도 했다. 눈 부분에만 큰 창처럼 안경이 붙어 있었다. 안을 좀 들여다볼까 하고 살짝 다가가 봤지만, 반사경이 붙은 안경이라 둥그런 눈을 끔벅이는 자기 얼굴만 보일 뿐 그 안을 볼 수는 없었다.

"멋있죠? 일명 갑옷 잠수복. 지구에서 백상아리의 공격을 피할 목적으로 만들었던 거래요."

정갈하고 예의 바른 말투, 유주였다. 서른 살쯤 되었으려나? 언제나 깍듯하게 하늬를 반겨 주는 모습에 하늬도 얼른 눈길을 돌려 살짝 고개를 숙여 인사했다. 유주가 환하게 웃고 있었다.

"오랜만이네요? 반가워요."

"네, 그렇게 됐어요."

"물건은 없어 보이는데…… 오늘 그냥 구경하러 오셨어요?"

"아, 그건 아니고 진의 연락처 좀 알려 주셨으면 해서요."

"진?"

"네, 진이요."

"버드호, 진?"

"네."

유주의 표정을 가늠하기 힘들었다. 난감한 듯한 표정인가 싶은데 또 한편으로 무표정하고 조금 놀란 것 같기도 한데 그러기엔 차분하고. 그러다 갑자기 유주가 싱긋 웃었다.

"조금 이따 올 거예요. 직접 만나고 가세요. 오랜만에 경매도 좀 보고."

유주가 하늬의 팔을 잡아끌었다. 아주 가끔, 유주는 하늬에게 친근하게 굴었는데 하늬 역시 잠깐 경직되었다가 이내 마음이 스르르 풀어졌다. 유주에겐 그런 힘이 있었다. 상대가 나를 진심으로 대해 주고 있구나, 하고 생각하게 하는 힘. 그건 보물에 대한 태도도 마찬가지여서 무척 믿음직스러운 경매사로 보였다. 그런데 잠깐, 진이 여기에 온다고?

"언제 연락하셨어요? 언제 그런 말을 하던가요?"

"음…… 어제 화성 도착하고 얼마 안 돼서 연락이 왔어요. 끝내주는 보물을 발견했다면서 아주 들떠 있던데요?"

설마설마하던 일이 일어나고 말았다. 하늬는 잠시 멈춰 서서 숨을 가다듬었다. 아니기를 바랐는데, 진이 아무리 자기 보물을 먼저 낚아채 가 버린 나쁜 놈이었대도 그것만은 아니기를 바랐는데, 배신감이 밀려들었다.

"가요."

유주가 뒤돌았다. 하늬는 앞장서는 유주의 손목을 꽉 그러잡았다.

"저 여기 온 거, 말하지 말아 주세요."

유주가 돌아봤다. 이번엔 확실히 읽을 수 있는 표정, 의구심이었다.

"그러죠."

유주는 담담하게 대답하고 돌아섰다. 하늬는 경매장 안쪽을 둘러보다 벽과 가장 가까운 제일 끝자리, 구석진 곳에 자리를 잡았다. 도대체 그 녀석이 보여 주려는 물건이 뭘까, 머릿속으로 상상하면서.

경매장 안은 잔뜩 빼입은 사람들로 꽉 차 있었다. 둥그런 방 안, 가운데 부분에 자그마한 무대가 설치되어 있었다. 보물을 올려놓는 크리스털 선반, 보물이 잘 보이게 여러 각도에서 내리쬐는 조명, 더불어 보물의 모습을 여러 각도로 찍어 주는 카메라. 벽 전체에 스크린이 둘러쳐져 있었는데 카메라로 찍는 보물의 모습이 계속 보이는 구조였다. 아직 진의 모습은 보이지 않았다.

잠시 휴식 중이던 경매가 다시 시작되었다. 유주는 낭랑한 목소리로 보물을 소개했다. 비단 천에 꽃을 수놓았고 소가죽을 이용해 만들었다는 신발이 경매품으로 올라왔을 때 한쪽에서 환호성이 들렸다. 화성에서는 절대로 볼 수 없는 소의 가죽, 비단 천, 수놓은 꽃 모양…… 그 모든 것이 신발을 신비롭고 어여쁘게 느껴지게 했다. 아직 튼튼해서 실제로 신어 볼 수도 있다는 말에 사람들은 탄식을 터트렸다. 하늬는 속이 꼬일 대로 꼬여서 "남이 신던 신발, 뭐가 그렇게 좋다고. 발 냄새나 안 날지 모르겠네." 하고 혼잣말로 퉁을 놓았다. 하지만 유주가 꽃신과 관련된 이야기를 들려줄 때는 저도 모르게 집중하고 말았다.

"떠나간 임을 그리워하던 여인이 강물에 몸을 던지기 전 바위에 고이 올려놓았던 꽃신 위로 산사태가 일어났습니다. 바로 이 지점이지요."

유주는 지구의 위성 사진을 보여 주며 빨간 점으로 표시된 곳을 확대했다. 더불어 여인의 이야기가 기록되었다는 옛날 책이 스크린 가득 나타났다.

"이 꽃신은 오랜 시간 땅속에 묻히게 되었고 지구 대지진 시대를 거쳐 한 보물 사냥꾼에 의해 발견되었습니다. 바로 이곳에서요."

유주는 다시 한번 위성 사진의 빨간 지점을 가리켰다. 사람들은 흥미롭게 그 이야기에 집중했고 곧 경매가가 치솟기 시작했다. 유주는 여유롭게 장내를 둘러보며 계속해서 경매가를 높여 나갔다. 자신감에 가득 찬 미소, 옹골찬 목소리, 그곳에 모인 사람들은 마치 유주에게 잘 보이고 싶어 안달이라도 난 것처럼 계속해서 손을 들어 댔다. 컴퓨터를 활용하지 않고 고전적인 방법으로 경매를 진행하는 것도 유주만의 방식이었는데 그것 역시 꽤 인기를 끄는 요인이었다. 경매에 참여하는 사람들은 그 자체를 하나의 축제처럼 즐겼다.

그 뒤로도 여러 개의 보물이 단상 위로 올랐고 모두 높은 경매가를 기록했다. 슬슬 지겨워지기 시작할 때쯤, 유주가 잠시 경매장을 빠져나갔다. 사람들은 값비싼 생수를 벌컥벌컥 마셔 대며 시끌벅적하게 떠들기 시작했다. 경매에서 낙찰받은 사람들에게 축하를 건네거나 부럽다는 인사말, 다음번엔 지지 않겠다는 결의, 오늘은 그저 구경만 하고 싶어 왔다는 너스레, 목소리도 말투도 각양각색이었다. 유주가 다시 경매장으로 들어서자 소란하던 실내가 한순간 조용해졌다. 보통과 달리 유주의 손에는 자그마한 리모컨 하나가 들려 있을 뿐이었다. 사람들이 웅성거렸다. "이제 끝인가?" 하고 묻는 말에 "밤을 샜더니 좀 피곤하긴 하군." 하는 대답이 들려올 때였다.

무대 단상에 설치된 크리스털 선반이 바닥 아래로 내려가더니 조금 뒤 검붉은 빛을 띤 거대한 상자가 솟아올랐다. 유주가 무대 조금 아래쪽에 서서 말을 시작했다.

"지금껏 본 적 없는 보물을 소개할 시간입니다."

어디선가 침이 꼴깍 넘어가는 소리가 들렸다.

"지구에서 온, 어쩌면 다시는 없을!"

유쥬가 리모컨을 누르며 외치자 상자 표면의 검붉은 빛이 사라지고 안이 들여다보였다.

"보물입니다!"

투명한 유리관 안에 사람이 서 있었다. 자그마한 사람, 그 아이가.

2부

인간 사냥

1

소독실 안에서 아이가 잠시 깨어났다는 얘기를 들었을 때 진은 심장이 터져 버리는 줄 알았다. 그 중요한 순간을 놓쳤다니! 버드호를 버릴 수 없어 타고 왔지만 역시나 하늬와 함께 있어야 했다는 생각이 들었다. 급하게 다시 열어 본 상자 속 아이의 얼굴은 평온했다.

'난 얘를 뭐 어쩌려는 거지?'

마음이 좀 이상했다. 열한 살쯤 되었을까? 뽀얀 얼굴 이마 한가운데가 발갛게 부풀어 오른 것을 보니 안쓰러웠다. 하늬도 이 아이를 볼 때 이런 마음이었겠구나 싶었다. 아직 특별히 뭘 잘못한 건 없는데, 앞으로도 뭘 잘못하면 안 될 것만 같은 생각. 뭘 잘해 준 건 없지만 앞으로는 좀 잘해 줘야 하는 게 아닐까 하는 생각. '그래, 이 아이는 보물이 아니야, 사람이지.' 거기까지 생각이 미쳤을 땐 정말로 아이를 지구에 내려놓고 왔어야 하는 게 아니었을까 잠깐 후회

스럽기까지 했다. 하지만 일은 이미 벌어졌고 상자 속 아이는 보호
복까지 입고 있었다. 더도 덜도 없이 딱 화성인의 모습이었다.

진은 돔 지역에서 수거반 트럭을 기다리는 동안 유주에게 전화를
했다.

"누나! 저 돌아왔어요. 물건 많아요. 스무 점도 넘을걸요? 끝내
줘요, 진짜!"

진은 흥분을 감추지 못하고 무너진 도시 위에 얌전히 올려져 있
던 배들과 그 배 안에서 찾은 물건들에 관해 이야기했다. 유주는 언
제나 그렇듯 이야기를 듣는 동시에 사료를 찾고 위치를 확인하고
무언가 건질 만한 것이 없는지 살폈다. 여기서 건질 만한 것이란 이
야기를 덧입혀 팔아먹기에 좋은 것이 있는지 없는지 하는 것이었
다. 사람들은 언제나 이야기에 목말라했고 단순히 '숟가락' 하나보
다 '누군가 무엇을 준비하며 마지막으로 사용한 숟가락'이란 설명에
감동했다. 그러니까 보물 사냥꾼들이 고생한 값을 제대로 받아 내
려면 그럴듯한 이야기를 덧붙여 소비자가 만족할 수 있게 만들어야
했다. 유주는 보물 경매사가 해야 할 일 중 그 '이야기'를 만드는 것
이 무엇보다 중요하다고 믿었다.

"뭐 좀 더 특이한 건 없었어?"

진은 말을 잠시 멈추고 바다 안에 두고 온 거울을 떠올렸다. 더불
어 조금 뒤 도착할 트럭 속 아이도.

"음…… 거울이, 조금 특이한 거울이 있긴 했어요. 근데 그건 못
가져왔어요."

진은 버드호 안에서 찾아봤던 자료에 관해 이야기를 시작했다. 잠자코 듣고 있던 유주도 고개를 끄덕였다.

"그렇네. 그 거울이 진짜 국보였을 수도 있겠구나. 근처에 박물관도 있었고, 기록으로만 보자면 대지진 때 그대로 매몰됐을 가능성이 제일 커. 지금껏 그쪽에서 경매품으로 나오지 않은 걸 보면 말이야. 아, 이거 너무 아쉬운데? 다음번 사냥은 언제니?"

"역시, 누난 내 맘 잘 아네요. 오늘 도착했으니까 바로 가긴 어렵고, 조만간 가 봐야겠죠?"

"그래. 어쨌든, 오늘 들를 거지?"

"아, 바로는 안 되고, 내일 갈게요. 기대하고 계세요!"

아이 이야기는 쏙 뺐다. 그래야 할 것 같았다. 유주를 믿지 못해서라기보다는 아직 그 아이를 보여 주거나 그 아이에 대해 말할 때가 아니라고 생각했다. 우선은 아버지의 주치의에게 전화했다. 보물 경매장에서 몇 번 마주친 뒤로 주치의는 진에게 퍽 친절하게 굴었다. 병원으로 데려가긴 힘들고 다른 곳으로 와서 볼 환자가 있는데 가능한지부터 물었다. 모든 건 비밀에 부쳐 달라는 부탁도 잊지 않았다. 아파트 단지 안으로 아이를 데리고 들어가는 건 의심을 살수 있었다. 지상 1층에 있는 경비 센터에서 아파트 단지로 드나드는 걸 지켜보고 있었다. 아이에 관한 한 그 어떤 흔적도 남기지 않는 것이 안전하다고 판단했다.

똑똑, 창문을 두드리는 소리에 눈길을 돌렸다. 하늬가 조금은 긴장된 표정으로 진을 내려다보고 있었다. 마음을 풀어 주고 싶었다.

괜스레 같이 가자는 말도 해 봤지만 역시, 하늬는 말려들지 않았다.

"조심하고 있어. 들키면 안 되니까. 금방 올게."

아버지에게 자가 비행선을 돌려드리러 간다고 말했지만 사실은 의사를 데리러 가는 거였다. 돔 지역에 들어설 때 하늬 표정을 보고 알았다. 하늬의 집이 이곳이라는 걸. 2세대 주택 단지나 3세대 아파트 단지에 사는 사람들은 화성의 흙먼지에 예민하게 굴지 않는다. 황토색 대지를 보며 짓는 표정 하나로도 그 사람이 어디 출신인지 알 수 있었다. 오직 돔 지역 사람들만 그 사실을 모를 뿐이었다.

'돔 지역 출신이 어떻게 보물 사냥꾼이 되었을까?'

문득 궁금해졌다. 돔 지역 사람 중 보물 사냥꾼이 될 확률은 1퍼센트도 되지 않았다. 우선은 탐색원 훈련 학교의 비싼 교육비를 감당할 수가 없었고, 우주선 유지 비용이 너무 많이 들었다. 돔 지역 사람들은 가장 먼저 화성에 발을 디딘 사람들이었고 지구에 살 때만 해도 나름 부를 축적한 사람들이었다. 단지 기초 생활 환경이 척박했던 당시를 버티며 가진 돈을 다 써 버리고 빠르게 변화하는 화성의 발전 속도에 발을 맞추지 못한 탓에 자꾸만 도태되었다. 별다른 놀이가 없던 초창기에 도박으로 가산을 탕진한 사람도 여럿이라고 했다. 중요한 건 뒤를 이어 화성에 발을 디딘 사람들은 조금 더 나은 환경에서, 조금 더 빨리 화성 생활에 적응했고 화성 안에서도 나름의 안정된 생활을 이어 갔다는 것이다. 3세대 단지가 들어서면서 화성인들의 희비는 크게 엇갈렸는데 3세대 단지는 화성 최고 꿈의 공간으로 그 명성을 떨치고 돔 지역은 마치 사람이 닿아서는 안 되는 공간처럼 더욱, 폭삭, 망가져 버렸다.

진은 하늬가 돔 지역 출신이라는 사실에 조금 놀랐다. 놀란 표정을 들키지 않으려 애썼는데 제대로 됐을지도 걱정스러웠다. 그래서 하늬에게 말하지 않았다. 자가 비행선쯤 아무렇지 않게 몰고 다니는 사람으로 인식되고 싶지 않았다. 겨우 한 발짝 가까워진 하늬와의 거리가 두 발짝, 세 발짝 멀어질 것만 같았다.

'나만 그렇게 생각하는 건가?'

진은 하늬가 모래바람을 보며 찌푸리던 얼굴을 떠올렸다. 백미러 스크린으로 진이 지나온 길마다 부옇게 떠오르는 흙먼지가 보였다. 절로 미간이 찌푸려졌다.

낯선 번호로 통신 연결 신호가 잡힌 건 바로 그때였다. 진은 핸들 가운데 쪽 전화 버튼을 꾹 눌렀다. 헬멧 안에 낯선 남자의 목소리가 왕왕 울렸다.

"사람도 보물이 되나아아?"

진은 하마터면 그대로 날아가 앞에 보이는 낮은 모래 둔덕에 처박힐 뻔했다. 가까스로 핸들을 돌려 바닥 가까이 비행선을 정차시켰다. 쿵쿵쿵쿵, 가슴이 울렸다.

"무슨 말씀이시죠?"

일단은 시치미를 뗐다. 정확하게 뭘 말하려 하는 건지 의도를 파악해야 하니까.

"내가 아무리 처음이라도 이 정도쯤이야 알지이이."

"무슨."

"무슨은 무슨. 다 알면서. 연합 정부 특수부에 전화를 바로 해야 하나 어쩌나아."

"……."

"새근새근 잘도 자네에."

남자의 목소리에 오소소 소름이 돋았다. 말끝을 질질 끌며 말꼬리를 살짝 올리는, 조금은 약을 올리는 것 같은 말투. 청소부! 이틀에 한 번씩 진의 집을 찾았던, 어깨가 살짝 구부정하고 눈매가 매서웠던 그 사람이 틀림없었다. 어느 날 갑자기 사라져 버린 그 사람을 궁금해한 적은 없었다. 터미널에서 수거반 사람이랑 눈이 마주쳤을 때 뭔가 이상한 느낌이 들었던 게 바로 그 때문이었다니!

"보물 상자에 사람이 들어 있다는 건 사람이 보물이란 뜻, 맞지이?"

"아, 아니요!"

당황한 나머지 목소리가 빽, 나갔다. 상대방은 조용했다. 어쩌는지 두고 볼 심산인 듯했다. 진은 재빨리 머리를 굴렸다. 정말로 특수부에 신고하지 않은 건, 뭔가 바라는 게 있다는 뜻이리라.

"얼마 원해요?"

침착한 목소리로 대구하며 운전대 오른쪽에 붙은 네모 모양 버튼을 누르자 앞쪽으로 투명 스크린이 떠올랐다. 그리고 색깔별로 몇 개의 아이콘이 나타났다. '통신자 안내' 버튼을 눌렀다. 상대방이 흐흐흐, 웃었다. 소름 끼치게 싫은 웃음소리였다.

"글쎄, 얼마를 받으면 속이 좀 잠잠해지려나아……."

진은 남자의 위치 정보를 알아내기 위해 조금 더 말을 붙여야겠다고 생각했다. 스크린에 빨간 점이 깜박이기 시작했다. 진은 침착하게 비행선을 띄우고 핸들을 단단히 잡았다. 3분이면 도착할 거리였다.

"푸하하, 아직 어린애야, 어린애!"

뚝. 전화가 끊겼다. 누구한테 한 말일까? 그 아이에게, 아니면 자신에게? 당황스러웠지만 그대로 있을 수 없다는 사실 하나는 확실했다. 진은 마지막으로 깜박였던 빨간색 지점을 바라보며 액셀을 밟았다.

2

어둠이 내려앉기 시작한 화성은 금방이라도 괴물이 튀어나올 것처럼 스산했다. 협곡 지대를 지나 산등성이를 넘어 진이 다다른 곳은 1세대 의회 건물 앞이었다. 쓰레기 수거반 트럭이 세워져 있을 거라 예상했지만 의회 건물 앞 주차장 어디에도 트럭은 보이지 않았다. 1세대 이주민들이 의회로 사용했던 건물은 어느새 마트가 되었다가 클럽이 되었다가 버려진 공간이 되었다. 시간이 흐름에 따라 공간은 다른 빛깔을 띠었고 화성인들은 그런 변화를 당연하게 받아들였다.

더러는 1세대 의회 건물을 그대로 보존해 후손들에게 유산으로 남겨야 한다는 목소리도 있었다. 사람들은 무엇이든 기록하거나 보관하는 것을 좋아했고 그것이 역사적 가치가 있는 것이라고 여기면 더욱 열을 내어 달려들었다.

의회 건물을 세웠던 드림워터사에서 건물을 매물로 내놓을 예정이라는 소문이 돌았다. 의회 건물이 화성의 1호 유적으로 기록될 수 있다는 소문이 보태지며 재력가들은 앞다투어 건물을 사들이려 했다. 소문은 소문을 낳았고 부풀려진 소문은 싸움을 만들었다. 내가 가질 수 없다면 다른 사람 역시 가져서는 안 된다고 생각하는 게 인간의 본성이었나 보다. 의회 건물을 1호 유적으로 만들자는 의견은 의회에서 보기 좋게 반려되었다. 의원 모두가 반대한 것이다. 나중에 드러난 일이지만 의원 중 절반 이상이 의회 건물을 사들이려던 사람들이었다. 결국 드림워터사는 의회에 막혀 회사의 재산인 건물을 팔지 못하는 상황이 되었다. 의회의 결정 뒤 화성인들은 의회 건물에 흥미를 잃었다. 그로부터 몇 년 뒤 2세대 단지 안에, 또 조금 뒤 3세대 단지 안에 화려하면서도 엄청난 규모의 새로운 건물이 들어서자 화성인 그 누구도 초창기 의회 건물을 그리워하지 않았다. 사람들은 너무 빨리 잊었고 너무 빨리 다른 것에 익숙해졌다. 그런 면에서 보자면 '지구'에 대한 그들의 인식 역시 당연한 것이었다.

진은 비행선을 주차하고 밖으로 나섰다. 어두워진 대지에서 몰아치는 바람이 제법 쌀쌀하게 느껴졌다. 실제로 쌀쌀한 기운을 준다는 뜻은 아니고 어둠과 탁함이 주는 느낌이 그러했다는 뜻이다. 보호복은 체온 조절 효과도 있으니까.

비행선을 몰고 오는 동안 하늬에게 연락할 방법을 생각해 봤다. 우선 돔 지역 통신 상태가 원활하지 않아 전화가 걸리지 않을 가능성이 컸고 결정적으로 번호를 몰랐다. 이럴 줄 알았으면 부끄러움 같은 건 생각하지 말고 아무렇지 않은 척 물어볼걸, 하고 후회했다. 유주에게 전화를 걸어 번호를 알아내는 방법도 있긴 했다. 그러자면 설명이 필요했다. 그건 또 싫었다. 유주와 알고 지낸 5년 동안 다른 보물 사냥꾼의 번호를 물어본 적은 한 번도 없었다. 유주가 이상하게 생각할 것이 뻔했다. 진은 만약의 사태에 대비해 전기총을 꺼내 들었다. 화성 내에서는 사용이 금지된 물품이지만 지금은 그런 걸 따질 때가 아니었다.

건물로 들어가는 계단을 밟자 모래와 자갈이 찌걱대며 갈리는 소리가 났다. 차라리 아주 어렸을 때 입었던 보호복처럼 모든 소리가 차단되어 완벽하게 갇힌 세상에 있는 느낌을 주던 때가 그리웠다. 바람 소리, 모래 소리, 외부의 모든 소리를 들을 수 있게 제작된 차세대 보호복은 어느 면에서는 불편하고 두렵기까지 했다. 굳이 몰라도 좋을 것들이 자신의 내부로 발을 들여놓는 느낌이 들어서 영 마음에 안 들었다. 기술이 발달한다는 게 꼭 좋은 것만은 아니라고, 진은 보호복의 기능이 향상될 때마다 생각했다.

헬멧의 불을 켰다. 계단을 모두 오른 뒤 반쯤 열려 있는 문을 밀었다. 어지럽게 쓰레기가 널브러진 홀 안은 적막했다. 벽으로 갖가지 색깔의 그림이 그려져 있었다. 돔 지역 아이들이 이곳까지 왔을 리는 없었다. 2세대나 3세대 단지 아이들이 놀이 삼아 왔다가 낙서를 하고 간 게 틀림없다고 생각했다. 지구에서 나올 것 같은 괴수 인간 그림도 있었다. 흠칫 놀랄 만큼 비슷한 모습이어서 누군가 지구의 일을 알리려던 것일까 의심스럽기까지 했다. 진은 혹시나 하는 마음으로 벽을 따라 불빛을 비추었다. 커다란 기둥 뒤쪽에 벽이 움푹 파인 곳이 있었는데 그 남자가 숨어 있을지도 모를 일이었다.

한 걸음 한 걸음, 조심스럽게 움직이던 진은 한 남자의 그림 앞에 멈춰 섰다. 남자는 거울처럼 보이는 물건을 들고 저 아래쪽을 비추는 듯이 보였다. 남자가 든 물건에서 빛이 뻗어 나가는 모양처럼 여러 개의 직선이 그어져 있었다. 커다란 바위 같기도 하고 높은 건물 같기도 하고, 남자는 그 위에 서서 바닥 쪽을 바라보며 서 있었다. 자신이 비추고 있는 곳을 뚫어져라 바라보면서. 그 느낌이 오묘했다. 마치 그림을 함께 보라고 말하고 있는 것 같았다. 진은 고개를 조금 숙이고 빛이 나가는 방향을 따라 시선을 내렸다. 제일 아래쪽, 바닥에 둥그런 구멍 같은 것이 뚫려 있었다. 그 구멍에서 꼭 무언가를 잡으려 애쓰는 것처럼 뻗어 올린 손이 보였다. 분명 사람 손이었다. 오싹한 기분이 들었다.

'설마……'

진은 얼른 고개를 저었다. 지구의 바다에서 봤던 거울 생각이 났던 거다. 하지만 그걸 본 사람이 또 있을 확률이 몇 퍼센트나 될까. 거기까지 생각이 미치자 저절로 고개가 저어졌다.

그나저나 아이를 데려간 남자는 어디로 갔을까? 왜 거래를 계속하지 않고 가 버렸을까? 원하는 게 뭐였을까? 혹시 아이가 깨어났을까? 모든 게 두려웠을 텐데 어쩌지. 평온하게 잠들어 있던 아이의 얼굴이 어른거렸다. 역시 지구에서 데려오는 게 아니었는데 싶었다.

휘이잉, 씨이잉! 멀리서 비행선이 빠른 속도로 내달리는 소리가 났다. 진은 고개를 털레털레 저었다. 생각 없이 사는 애들이 또 경쟁하듯 비행선을 몰고 온 화성을 헤집고 다니는구나 싶었다. 특별히 해야 할 일도 하고 싶은 일도 없어 빈둥대며 하루를 보내는 3세대 단지 안 그렇고 그런 아이들. 그렇게 살아도 먹을 것 입을 것 어느 하나 부족함 없이 내일은 무얼 하며 놀까 궁리하는 아이들. 지상의 밤은 그런 아이들의 놀이터였다.

진이 열두 살 생일에 유주를 만나지 않았다면 지금쯤 저 무리의 우두머리가 되었을지도 모르겠다. 진은 열두 살이 될 때까지 말이 없는 아이였다. 바다에서 사라진 어머니를 찾기 위해 아버지가 들인 시간만큼 진은 세상으로부터 멀어졌고 깊고 깊은 내면으로만 가라앉아 있었다. 미치도록 답답한 날이면 친구들과 몰려다니며 의미 없는 농담을 주고받았다. 그러다 친구들의 형이 모는 비행선을 얻어 타고 대지 위를 미친 듯이 날아다녔다. 쿵쾅대는 음악을 들으며, 시시한 음담패설을 주고받으며, 세상은 원래 더러운 곳이라고 욕을 해 댔다. 그러고 집으로 돌아간 날엔 밤이 새도록 울었다. 끙끙대며 울어도 아버지는 방으로 들어오지 않았다. 아버지는 자기 주변이 모두 벽으로 둘러싸인 것처럼 굴었다. 진은 언제나 그 벽의 바깥에 움츠리고 있었다.

보물 사냥꾼들이 수시로 집 안을 드나들었지만 진의 관심을 끌지는 못했다. 그들이 알려 주는 정보 대부분은 어머니가 사라진 바다 근처에서 어머니가 사용하던 물건을 찾았다는 식의 떡밥 같은 것이었다. 계속해서 그들을 바다로 보내고 수고료를 내게 하려는 꽤 야심 찬 떡밥. 그런데 열두 살 생일날, 유주가 나타났다. 조개 목걸이를 들고서. 우선은 그 생김새에 눈길이 갔고 그것이 지구의 깊은 바다 한가운데 잠들어 있었다는 것이 마음에 들었다. 닿을 수 없는 것에는 호기심이 더 생기는 법이다. 어머니와 지구. 어린 진에게 그 둘은 호기심의 대상이었다.

"이건 지구의 보물이야. 내가 개인적으로 갖고 있던 건데 너한테 주고 싶어서 가져왔어."

"왜요?"

"아주 우연히 네 얘길 듣게 됐거든. 바다가 엄마를 데려간 거라고 생각하지 않았으면 해. 그건 그저 사고였고, 네게 들리는 바다에 대한 모든 이야기는 사실 다 뻥이야."

유주가 웃었다. 하얀 이를 고스란히 드러내며 활짝. 사진으로 봤던 어머니의 미소와 비슷했다. 유주는 아버지를 만나 해류의 이동 속도, 방향 같은 과학적 자료를 바탕으로 그동안 진과 진의 아버지가 전해 들은 이야기들이 얼마나 허무맹랑한 것인지 일러 주었다. 그날 이후 보물 사냥꾼들이 진의 집에 드나드는 일은 없었다. 대신 진이 보물 사냥꾼이 되겠다며 탐사원 모집 공고에 신청서를 제출해 버렸다.

유주는 그 뒤로도 종종 진의 집에 들렀다. 진을 만나는 시간보다 진의 아버지를 만나는 시간이 점점 길어졌다. 그럴 때마다 진은 2층 자기 방에서 한 발짝도 나가지 않았다. 유주를 빼앗긴 기분이

드는 건지, 아버지를 빼앗긴 기분이 드는 건지 헷갈렸다. 그저 몹시 우울해졌고 그럴 때마다 보물 사냥꾼들의 자료를 훑었다. 무언가 딱 하나 빠진 것 같은 기분이 느껴지지 않는, 채워지지 않던 가슴속 구멍이 조금씩 메꿔지는 기분이 드는 시간이었다.

진은 다시 밖으로 나섰다. 저 멀리서 오색 빛깔의 불빛들이 번쩍였다. 비행선들이 서로 충돌할 듯 가까워졌다 멀어지기를 반복했다. 그러다 돔 지역으로 방향을 트는 게 보였다.

'어휴, 하늬가 보면 먼지 날린다고 구시렁대겠네.'

더는 이곳에 있을 이유가 없었다. 아까 그 남자가 먼저 연락해 오지 않는다면 아이를 찾을 확률은 제로에 가까웠다. 넓고 넓은 화성에 숨기려고 마음만 먹는다면 2세대든 3세대든 지하로 들어가 나오지 않으면 그뿐이었다. 이제 어떻게 해야 하지? 아버지에게 사실을 말하고 도움을 청해야 할까? 적어도 아버지는 합법적인 방법으로 대대적인 수색을 벌일 수 있는 연줄을 갖고 있으니까.

진이 비행선 운전석 문을 잡고 당기는 순간이었다. 찌이잉, 온몸이 전기 충격에 휩싸였다. 진은 보호복 안에서 돌처럼 굳어 버렸다. 심장이 찌릿하고 손끝 발끝이 저렸다. 뒤를 돌아볼 수도, 말을 내뱉을 수도 없었다. 갈비뼈가 조여드는 느낌이 오기 시작했다. 숨이 가빠지고 온몸으로 얼음처럼 차가운 기운이 흐를 때, 목소리가 들렸다.

"진짜 애라니까, 애. 으하하, 으하하핫!"

툭, 진은 손에 들고 있던 전기총을 떨어뜨렸다. 몸 어느 한 곳에도 힘을 줄 수 없었다. 눈앞으로 검은 그림자가 졌다.

'하늬…….'

진은 바람에 날려 가는 힘없는 돌덩이처럼 뒤로 풀썩 나자빠졌다.

3

　어둠 속에서 눈을 떴을 때, 진은 자신의 온몸이 굳어 버린 건 아닐까 의심했다. 근육이란 근육은 죄다 돌덩이가 된 것만 같았다. 전기 충격이란 건 이런 거구나 싶어 새삼스러웠다. 훈련받을 때 아무 생각 없이 쏘아 대던 것들이 실제 생명에 닿았을 때 어떤 느낌을 주는 것인지 이제야 알게 되었다. 역시 모든 것은 그 방향이 어떻게 되느냐에 따라 180도 다른 느낌을 주는구나, 생각했다.

　가로로 길쭉하고 좁은 틈새를 통해 흔들리는 별빛이 보였다. 몸이 심하게 흔들리고 있다는 걸 인지한 건 그때쯤이었다. 머릿속이 얼얼하고 눈을 깜빡이는 게 무겁게 느껴졌다. 정신을 차려야 했다. 윗몸을 일으켜 앉았다. 한숨이 절로 나왔다. 이렇게 앉기까지 아무도 자신을 건드리지 않았다는 건 적어도 지금 이곳에 자기 외엔 아무도 없다는 뜻이겠지, 생각했다.

진은 혼자라는 안도감과 정의할 수 없는 불안을 동시에 안고 헬멧의 불을 켰다. 발끝에 작은 쓰레기 봉지들이 이리저리 굴러다니는 게 보였다.

'트럭이구나!'

아버지에게 연락해야겠다는 마음이 확고해졌다. 이대로 어디로 끌려갈지, 가서 무슨 일을 겪게 될지 알 수 없는 노릇이었다. 왼쪽 손목을 들어 올려 스크린을 터치했다. '시스템 점검 중'이라는 글자가 왼쪽에서 오른쪽으로 사라졌다. 아, 전기 충격을 받았지. 잠깐, 산소 농도는 괜찮은 건가? 번뜩 겁이 났다. 전기 충격을 받아 보호복 시스템에 문제가 생겼다면 진의 안전은 한밤중에 지상에 올라 팔을 벌리고 서 있는 것과 같았다. 언제, 어느 때, 어느 곳에서 바람에 실려 온 돌덩이가 심장을 때리고 지나갈지 알 수 없는 거였다. 불안한 마음에 절로 심장이 덜컹거렸다.

높이를 가늠해 보기 위해 고개를 천장으로 들어 올렸다. 3미터는 족히 넘을 듯했다. 진은 허벅다리를 조물조물한 다음 근육에 힘이 들어가는지 확인해 봤다. 다행히 허벅지 앞과 옆부분의 근육들이 꽉 조여지며 불뚝 솟아오르는 게 느껴졌다. 일어나기 위해 몸을 옆쪽으로 슬쩍 돌릴 때였다. 눈앞에서 하얀 무언가가 휘릭, 사라졌다. 머릿속에 수만 가지 생각이 스치고 지났다. 공격해야 하나, 공격받을까, 왜 사라졌지, 날 두려워하나, 아니면 내가 두려워해야 하나.

3평 남짓 되는 좁은 공간, 별빛이 닿지 않는 구석 모퉁이에 누군가 쪼그려 앉아 있는 게 보였다. 진의 헬멧에서 나온 불빛이 눈부신지 무릎 사이로 고개를 파묻고 온몸을 바들바들 떨었다. 두꺼운 보호복을 입고 있음에도 구석으로 숨어든 사람이 얼마나 두려워하고 있는가가 느껴질 만큼 떨림의 진동이 심했다. 진은 적어도 저 앞에 있는 사람이 지금 자신을 공격하거나 혹은 조금 뒤 공격할 생각이 있는 건 아니라고 확신했다.

"미안합니다."

진은 헬멧의 불빛을 껐다. 흔들리는 트럭 안에 남은 거라고는 희끄무레한 별빛의 그림자뿐이었다. 진은 구석진 어둠에 초점을 맞추고 조금 더 잘 보이게 되기를 묵묵히 기다렸다. 아무것도 묻지 않았다. 때로 말은, 소리는, 마음을 다스리는 데 방해가 되기도 하니까.

조금 뒤, 구석진 어둠 속에 별빛처럼 반짝이는 두 개의 눈이 나타났다. 고개를 든 사람은 낯선 얼굴이었다. 하지만 분명히 아는 사람이라는 생각이 들었다. 그 아이가 눈을 뜨고 있었다면 저런 얼굴이었을까? 진은 숨을 깊게 마시고 후우 내뱉었다.

"안녕?"

최대한 조심스럽게, 놀라지 않을 크기로 물었다. 아이는 말간 얼굴을 들어 진을 바라봤다. 아이의 헬멧으로 진의 얼굴이 슬쩍 비쳤다.

'긴장된 표정이면 안 되는데.'

진은 부드럽게 웃었다. 아이는 아무런 대답도 하지 않았다. 가늠하고 있겠지. 저 사람은 누구일까. 나를 해하려는 사람일까, 도우려는 사람일까.

"진. 내 이름은 진이야."

잠깐의 침묵. 갑자기 아이가 무릎걸음을 걸어 진에게 다가오더니 양손을 가슴 앞에 모아 쥐고 무어라 말을 쏟아 내기 시작했다. 처음 에는 바들바들 떨리는 목소리로, 그러다 조금 크게, 급기야 꽥꽥 소 리를 지르듯이 한바탕 떠들던 아이가 또 갑자기 울음을 퍽 터트렸 다. 그러고는 콧물까지 흘리며 엉엉 울기 시작했다. 진은 몹시 당황 했다. 아이가 쏟아 낸 말들을 알아들을 수 없었을뿐더러 아이의 울 음소리가 너무 컸기 때문이다. 진은 아이의 손을 붙잡고 얼굴을 똑 바로 바라봤다.

"후우우우, 후우우우, 이렇게 해 봐. 응? 자, 후우우우."

진이 숨을 가다듬는 모습을 보고 아이도 조금씩 따라 하기 시작 했다. 여전히 무언가를 계속 얘기하면서.

'화성인이 아니야. 정말로 화성인이 아니야!'

진은 그 생각에서 헤어날 수가 없었다. 화성 연합 정부가 가장 공 들인 일 중 하나가 언어를 통일시키는 것이었다. 지구의 각기 다른 나라에서 화성이라는 하나의 공동체로 모인 사람들을 단합시키기 에 그만큼 좋은 방법은 없다는 것이 이유였다. 연합 정부를 구성한 뒤 백 년에 걸쳐 서서히 진행된 언어 통일은 이제 완전히 자리를 잡 은 상태였다.

'해독기가 있었어야 하는 건데!'

진은 자기 방 책상 안에 고이 누워 있는 언어 해독기를 떠올렸다. 지구의 각종 언어를 분석하고 뜻을 이해할 수 있는 도구였다. 간혹 지구의 자료를 찾아볼 때 필요해서 가지고 있던 것인데, 지금 이 순간 그 손바닥만 한 기계가 몹시도 그리웠다. 아마도 아이가 쓰는 말은 지구의 어느 곳에선가 사용되는 말일 텐데 싶었다.

아이는 조금씩 울음을 멈추고 숨을 가다듬었다. 이쯤이면 아이가 자신에게 가지고 있던 경계심은 완전히 풀렸으리라 생각했다. 그러고 나니 더 미안해졌다. 이 아이의 가족들은 지금 어떤 심정일지, 상상도 가지 않았다. 10년이나 미친 사람처럼 허풍쟁이 보물 사냥꾼들의 뒤꽁무니를 쫓았던 아버지 생각이 났다. 이 아이에게도 가족이 있다면 모두 정신이 반쯤은 빠져 버렸겠지. 이 아이는 그 가족에게 정말로 보물 같은 존재였을 거야. 거기까지 생각이 닿자 그 자리에 가만히 앉아 있을 수가 없었다. 진은 자리에서 벌떡 일어나 좁은 틈새로 바깥을 내다봤다. 어둠뿐인 대지 끝으로 자가 비행선 여러 대가 춤을 추듯 하늘 위로 날아오르는 게 보였다.

"음…… 괜찮아, 뭔가 방법이 있을 거야, 그럼!"

진은 아이를 안심시키기 위해, 아이가 알아들을 수 없다 해도 그 느낌을 알 수 있기를 바라며, 계속해서 같은 말을 중얼거렸다. 하지만 정말로 방법이 있을까? 도대체 트럭은 어디로 가고 있는 것일까? 덜컹! 큰 돌덩이를 지나친 것인지 트럭이 한 번 위쪽으로 솟아올랐다가 내려앉았다. 아이가 뒤쪽으로 풀썩 나자빠졌다. 진은 얼른 아이를 일으켜 앉히고 헬멧 위를 부드럽게 쓰다듬어 내렸다. 마치 머리를 쓰다듬듯이. 아이가 동그란 눈으로 진을 올려다봤다.

"놀랐지? 괜찮을 거야. 너무 무서워하지 말고, 잠깐만 기다려봐."

진의 말을 알아듣기라도 한 것처럼 아이가 고개를 끄덕였다. 진은 저도 모르게 슬쩍 웃었다. 아이도 따라 조그마하게 웃었다. 그 웃음이 어찌나 예쁘던지 눈물이 핑 돌 뻔했다. 진은 보호복의 시스템 전원을 잠깐 껐다 켜기로 마음먹었다. 1분, 그 정도 시간이라면 호흡을 멈추고 기다릴 수 있겠지. 시스템에 오류가 생긴 거라면 재부팅을 하는 게 제일 좋은 방법이니까.

"자, 이거 봐. 이게 제일 첫 번째로 내가 할 일이야. 새롭게 시작하는 거."

진은 왼쪽 팔을 들어 올려 아이의 눈앞에 보여 주었다. 그리고 전원 버튼을 꾹 눌렀다. 삐삐, 헬멧 안에서 경보음이 울렸다. 그리고 깊고 깊은 침묵. 바깥의 소리도, 자기 안의 소리도 아무것도 들리지 않는 침묵. 모든 것이 꿈인 것처럼 얼얼하게 다가오는 풍경. 아이는 두 눈을 똑바로 뜨고 진을 지켜보고 있었다. 속으로 30까지 센 다음 진은 다시 팔을 들어 올려 전원 버튼을 눌렀다. 이번엔 모든 것이 제자리로 돌아오길 바라면서. 띠리릭! 헬멧 안에서 경쾌한 알림음이 울렸다. 후우우, 산소가 헬멧 안으로 가득 차는 느낌이 들었다. 진은 다시 스크린을 바라봤다. 하얀빛이 몇 번인가 깜박이더니 다시 글자가 나타나기 시작했다.

'체온 36.8°, 산소 잔류량 45%, 보호복 시스템을 시작합니다.'

진은 부드럽게 웃으며 통신 시스템 버튼을 눌렀다. 아버지에게 전화를 걸었다. 띠띠 띠디디, 신호음이 갔지만 중간에 끊겼다. 여기가 어디일까. 돔 지역 근처로 왔나? 그렇다면 통신이 연결될 확률은 반 정도밖에 되지 않았다. 다시 한번 아버지 번호를 눌렀지만 결과는 마찬가지였다. 아이가 조금 가까이 다가와 진이 하는 모양을 가만히 지켜봤다. 진은 고개를 들어 아이를 보고는 다시 한번 활짝 웃었다. 마치 모든 일이 잘되어 가고 있다는 듯이. 아이는 조금은 불안한 눈빛으로, 그러나 역시 눈앞에 있는 진을 믿겠다는 굳은 의지를 보이며 고개를 끄덕, 했다. 진은 다시 틈새로 바깥을 내다봤다. 저만큼 멀리 있던 자가 비행선들이 무척 가까운 곳까지 날아오고 있었다.

'잠깐! 누굴까? 쟤들 중에 내가 아는 애가 있을까?'

진은 통신 번호 목록을 살피기 시작했다. 이 정도 거리라면 혹시 연락이 닿을지도 모른다고 생각하면서.

"진? 너 진짜 진이냐? 이야, 이게 얼마 만이냐? 그렇지 않아도 니 비행선이……."

거기까지 목소리를 들었을 때, 끼이익! 트럭이 멈춰 섰다. 그리고 지이잉 소리와 함께 트럭 문이 열렸다. 남자의 얼굴이 나타났다. 진은 재빨리 통신음을 최대한으로 낮췄다. 남자가 나오라는 고갯짓을 했다. 진은 트럭에서 내려와 아이를 조심스럽게 내렸다. 아이는 두려움에 벌벌 떨며 진의 손을 꽉 잡았다.

"이렇게 잡아 온 이유가 뭡니까? 돈은 충분히 드릴 수 있어요!"

진은 일부러 크게 말했다. 이 목소리를 건너편에서 들어 주고 있길 간절히 바라면서. 남자가 콧김을 훅, 뱉어내며 비열하게 웃었다.

"그거 꺼어어."

"네?"

"여긴 통신 금지 장치가 돼 있어. 어차피 네 목소리 아무도 못 들어어어."

남자가 턱을 들어 돔 현관을 가리켰다. 아, 보물 경매장.

진은 남자가 밀치는 대로 아이의 손을 꼭 잡고서 경매장 안으로 들어갔다. 텅 비어 있는 거실 끝 육중한 문 너머로 사람들의 환호 소리가 들렸다. 경매가 진행되고 있는 모양이었다. 거실 가운데 소파에 앉아 쉬고 있던 경비원들이 진과 아이 곁으로 다가왔다. 진의 얼굴을 알아본 경비원이 환하게 웃었다.

"내일 올 거라고 얘기 들었었는데."

"아, 네."

진은 짧게 대답했다. 등 뒤에 레이저총의 총구가 고스란히 느껴졌다. 이건 전기총과는 비교도 할 수 없는 물건이다. 말 한마디 잘못 나갔다간 그 자리에서 빛으로 사라지고도 남으리라. 남자는 총구를 툭 밀며 진을 안쪽으로 들어가게 했다.

"유주 누나, 안에 계세요?"

"곧 쉬는 시간. 근데 애는, 조수 생겼어?"

경비원이 아이를 내려다보는 사이, 유주가 나타났다. 유주를 본 남자가 한 발짝 옆으로 비켜섰다. 유주는 아무 표정 없는 얼굴로 진과 남자, 아이를 번갈아 바라봤다. 그리고 숨을 크게 마셨다가 내뱉었다.

"좀 늦었네요."

유주는 남자에게 다가가 자그마한 칩을 내밀었다. 남자는 자기 품에서 동그란 모니터를 꺼냈고 유주에게 받은 칩을 그 안으로 밀어 넣었다. 남자는 모니터 화면을 바라보며 흡족한 듯 웃었다. 남자의 사이버 통장으로 꽤 많은 돈이 쌓였다.

4

"진."

유주가 진을 불렀다. 진은 멍한 눈으로 유주를 바라봤다.

"세상일이 참 재밌지?"

"뭐, 뭐가요?"

진은 놀란 마음에 저도 모르게 말을 더듬거렸다. 유주는 경비원을 시켜 아이를 경매장 뒤편과 통하는 방으로 데려가도록 했다. 아이가 경비원에게 끌려가며 무어라 소리쳤는데 알아들을 수가 없었다. 진은 아이에게 어떤 말이라도 해 주고 싶었지만, 도대체 무슨 말을 해 줘야 하는 건지 떠오르지 않았다. 그러니까 지금, 유주가 이 아이를 데려오게 했다는 말인가? 어떻게 알고? 왜? 이 아이를 팔아 버리려고? 유주가, 유주 누나가?

멍해 있는 진 앞으로 유주가 다가섰다. 그리고 어린아이를 대하

듯 진의 헬멧에 양손을 올려 마치 볼을 쓰다듬는 것처럼 헬멧을 쓰다듬었다.

"진, 다 잘될 거야. 누군가 저 아이를 끔찍하게 위하며 잘 보살펴 줄 거야. 이 누나 실력 알지? 함부로 할 사람에게 보내지 않아. 정말 대단한 보물일 테니까."

진은 유주의 손을 뿌리치고 저만치로 밀어냈다. 흠칫 놀란 경비원들이 다가와 진의 팔을 끌어 잡았다. 무슨 말을 해서라도 유주를 막아야 했다.

"바이러스라도 있으면? 쟤 몸에 화성인들을 다 죽이고도 남을 바이러스가 있으면 어쩔 건데!"

진은 분노에 온몸을 떨며 소리쳤다. 바닥으로 풀썩 주저앉았던 유주가 일어서며 몸을 털어 냈다. 그리고 옷을 정갈하게 가다듬었다.

"그럼 그 바이러스마저도 보물이 되게 해야지."

유주의 얼음장 같은 목소리에 진은 온몸에 소름이 돋아나는 걸 느꼈다.

"뭐 어때, 자기가 갖고 싶어 하던 걸 품에 안고 죽으면 그것도 나쁘지 않지. 이미 모든 걸 가진 사람들이야. 경매장 안에 있는 사람들, 내일 죽으나 오늘 죽으나 그들의 죽음은 하나도 아쉽지 않잖아. 누릴 거 다 누려 봤는데 뭘."

유주가 경비원에게 눈짓하자 경비원들이 진을 끌고 거실 구석진 곳으로 갔다. 그리고 한쪽에 세워져 있던 갑옷 잠수복을 가져와 진에게 입히기 시작했다. 발버둥 쳐 봐도 소용없었다. 무슨 주사를 놓앉는지 목 뒤가 따끔했고 곧 온몸의 근육이 굳어 버리는 듯했다. 산 채로 장례용 보호복을 입게 된다면 이런 기분일까? 마지막 헬멧을 씌우려는데 유주가 다가와 조용히 말했다.

"조금 전에 산소 잔류량을 봤어. 35프로. 하루 반나절이면 충분하겠구나. 그동안 고마웠어. 네 덕분에 좋은 보물 많이 팔았거든. 이렇게 보내긴 좀 아쉽네."

진은 온몸으로 소리쳤다. 살려 달라고, 빨리 빼내 달라고. 어찌나 힘을 주었던지 두 눈에 실핏줄이 터져 빨간 눈물이 흘러내렸다.

"괜찮아. 잠깐 잠을 자는 거야. 깨어나면 완전히 새로운 세상일 거야."

유주가 공중에서 쪽, 소리가 나게 뽀뽀하는 흉내를 내더니 눈앞에서 휙 사라져 버렸다. 온 세상이 캄캄해지는 기분이었다. 경비원들은 곧 아무 일도 없었다는 듯 제자리로 돌아갔고 진은 마치 처음부터 그곳에 없던 사람인 것처럼 눈길 한 번 주지 않았다. 아무것도 바랄 수 없는 절망 속 세상이었다.

흐릿하던 정신은 시간이 지남에 따라 조금씩 원래 상태로 돌아오는 것 같았다. 잠수복 안에 있다는 것이 못 견디게 괴로워지는 걸 보면 몸의 세포가 다시 살아나고 있는 게 틀림없었다. 근육에 힘이 들어가지 않는 건 여전했다. 어떻게든 힘을 주어 한 걸음이라도 내디디고 싶었다. 손가락 끝에, 발가락 끝에 힘을 주어 봤다. 이게 힘이 들어간 것인지 아닌지 분간을 할 수 없었다. 보호복까지 입고 잠수복 안에 맞춤으로 꽉 끼어 들어가 있으니 제 몸의 움직임이 하나도 느껴지지 않는 거였다. 팔을 들어 올려 보고 싶었지만 되지 않았다.

'근육 마취제였을까?'

아까 목 뒤가 따끔했던 이유를 꿰맞춰 봤다. 정신이 멀쩡한 걸 보면 그것밖에는 적당한 이유가 없었다. 그나마 다행이라고 해야 하나. 하지만 산소량이 줄고 있다. 하루 반나절. 그 뒤에 딱딱한 잠수복 안에서 잠자듯 빛으로 사라지고 말겠지. 아이는 어쩌지? 하늬는? 가슴이 답답해지고 절로 눈물이 흘렀다. 어디서부터 잘못되었던 것일까. 무엇부터 바로 잡아야 할까. 아버지는 어쩌지.

까무룩 까무룩 잠이 들 뻔한 걸 몇 번이나 눈을 껌벅이며 깨어났다. 경매장 안에서는 밤새도록 환호성이 들렸다. 값을 부르는 소리, 박수 소리, 경매가 확정되었다는 종소리. 차례대로 들려오는 소리에 심장이 점점 조여드는 기분이었다. 혹시 아이가 나왔을까? 아이를 누군가 사 갔을까? 아이가 많이 울었을까? 정오가 되기 전에 경매는 끝이 날 텐데. 그 뒤엔 어떡하지. 모두 이곳을 빠져나가고 나면 그땐 어쩌지. 날이 새고 있는 것도 잊고 머릿속에 갖가지 상상이 떠올랐다가 사라져 갔다.

"오랜만이네요? 반가워요."

유주 목소리에 흠칫 놀라 눈을 떴다. 깜빡 잠이 든 모양이었다. 눈앞에 하늬가 서 있었다.

'하늬, 하늬!'

미친 듯이 불렀지만 입술이 제대로 움직여지지 않았다. 목구멍까지 치고 올라왔던 목소리가 딱딱한 돌덩이가 되어 다시 배 속으로 가라앉았다.

'하늬, 제발! 나 여깄어, 하늬!'

진은 끊임없이 하늬를 불렀다. 하지만 하늬는 아무것도 모르는 눈치였다. 유주와 몇 마디를 주고받던 하늬가 경매장 안으로 들어갔다. 정말 딱 미칠 것만 같았다. 몇 분이나 지났을까. 경매장에서 거대한 함성이 들렸다. 그리고 사람들이 외치는 소리가 들렸다. 경매가 시작되었다. 다른 때보다 더 길게 경매가 이어졌다. 사람들은 자꾸만 값을 올렸고 끝이 없을 것처럼 이어지던 경매가 종소리와 함께 끝이 났다. 조금 뒤 몹시 흥분한 아줌마가 튀어나와 경비원들에게 말했다.

"내가, 지금, 도움이 좀 필요해요! 아하하하, 내가 지금 그러니까, 집으로 연락을 해야 하는데, 아니 자가 비행선, 아니지 트럭이 필요할 수도 있겠구나! 그러니까 내가 좀 연락을 해야 하는데, 아, 이걸 어쩌지? 뭐가 좋겠어요?"

여자는 정신없이 떠들어 댔고 경비원들이 여자에게 붙어 무언가를 속삭였다. 곧 여자의 얼굴이 밝아지는가 싶더니 다시 경매장 안으로 뛰어 들어갔다. 그리고 다음엔 유주가 그 여자와 함께 나왔다. 유주는 경비원들에게 손짓했고 경비원들이 경매장 안으로 들어가 검붉은 빛이 도는 커다란 상자를 밀고 나왔다. 여자는 그 옆에 서서 어쩔 줄 몰라 하며 "조심해요, 조심!" 하고 똑같은 말을 반복했다. 조금 뒤 큰 상자는 거실을 지나쳐 문 앞에 세워졌다. 여자는 그 옆에 서서 양손을 가슴에 모으고 "어머, 어쩜 좋아. 어쩜!" 하며 몹시 감격했다. 남아 있던 경비원들이 현관 앞으로 모여들었다. 그런데 갑자기 경매장 안에서 하늬가 튀어나왔다. 하늬는 경비원 중 한 명의 허리춤에 걸려 있던 레이저총을 빼내 앞으로 들어 올렸다.

"거기 서!"

놀란 유주가 하늬 앞을 막아섰다.

"지금 뭐 하는 거죠?"

하늬의 뒷모습을 바라보던 진은 저절로 숨을 머금었다. 하늬가 뭘 하려는 거지?

"그 상자, 여기서 한 발짝도 못 나가요. 절대로 안 돼!"

하늬가 소리쳤다. 하늬는 상자를 조준한 채로 한 걸음 앞으로 걸어 나갔다.

"사람이야. 사람을 사고팔았어. 이게 무슨 미친 짓이야!"

하늬 목소리에 문 옆에 서 있던 경비원들이 서로의 얼굴을 바라봤다.

"하늬."

나지막한 목소리로 하늬의 이름을 부른 유주가 한 걸음 앞으로 걸어 나갔다. 하늬의 총구가 유주 가슴에 닿았다.

"저 상자 안에 든 건 보물이에요, 이제껏 없었던 보물. 매수인께서 잘 보살펴 주실 겁니다."

"저렇게? 저렇게 상자에 넣어서? 미쳤어, 다 미쳤어!"

울음 섞인 목소리로 하늬가 소리쳤다. 그리고 총구를 유주의 이

마에 조준했다.

"나, 정말 쏠 거예요. 진짜로 쏠 거야. 저 애 그냥 두세요. 지구에서 왔지만 지구 아이가 아니란 말이에요!"

"오, 하늬, 아까 다 봤잖아요. 화성어를 하나도 모르는 걸. 지구의 바다에서 온 아이예요. 아주 깨끗하고 정상적인 아이죠. 지구에서도 그랬겠지만 화성에서도 저 아이는 보물과 같아요."

하늬가 고개를 흔들며 조금씩 앞으로 나아갔다. 뒷걸음치던 유주가 옆으로 비켜서며 손에 들고 있던 작은 리모컨의 버튼을 눌렀다. 어느새 상자 표면의 검붉은 색이 사라지고 투명하게 안이 들여다보였다. 온몸을 웅크리고 있던 아이가 고개를 들었다. 얼굴이 눈물범벅이었다. 유주가 옆으로 사라지자 하늬의 총구는 아이를 향한 꼴이 되었다. 아이의 눈과 하늬의 눈이 마주쳤다.

"누구든 쏴요. 나를 쏜다면 이곳에 특수 기동대가 출동할 거고, 그럼 저 아이는 조사를 받으러 잡혀가겠죠. 보호해 줄 사람은 아무도 없을 테고, 아마도 저 아이는 산 채로 우주로 쫓겨나겠군요. 어디, 한번 해 보세요."

유주의 목소리는 전에 없이 차가웠다. 바깥에서 경적이 울렸다. 하늬는 그 자리에 무릎을 꿇고 스르륵 무너져 내렸다.

'데려오지 말았어야 했어. 차라리 바다에 두고 왔어야 했어.'

하늬는 젖은 눈으로 아이를 바라봤다. 아이는 입술을 꾹 다물며 울음을 참았다.

상자는 다시 검붉은 색으로 휘감겼고 유유하게 현관을 빠져나갔다. 어쩔 줄 몰라 하며 좋아하던 여자가 사라지고 경비원들이 그 뒤를 따랐다. 경매장 안에서 사람들이 쏟아져 나오기 시작했다. 거실 가운데 무릎을 꿇고 있는 하늬를 스쳐 아무 일도 없었다는 듯 그렇게 하나둘 빠져나갔다. 사람들이 모두 나간 자리에 하늬와 유주만 남았다.

"잘 생각해요. 당신 심장, 저런 아이 하나면 다 끝내고도 남을 테니까."

하늬가 놀란 듯 고개를 들어 올렸다.

"하늬가 데려온 거 알고 있어요. 내가 좀 챙겨 줄게요. 우선 집에 가서 따뜻한 물에 샤워하고, 스낵도 좀 먹고, 마음이 가라앉으면 여기로 찾아와요. 알았죠?"

유주가 하늬에게 쪽지를 건넸다. 그리고 부드럽게 웃었다. 그걸 보고 있던 진은 속이 뒤틀려 토가 나올 것만 같았다. 현관문 앞에 선 유주에게 하늬가 물었다.

"이런 일, 전에도 있었나요? 지구인을 사고파는 일이요."

유주는 돌아보지 않고 대답했다.

"내가 아는 한 처음이에요. 하늬, 큰일 해낸 거예요."

유주가 경매 돔을 나갔다. 진은 온몸에 힘을 주기 시작했다. 제발 한 발짝만, 딱 한 번이라도, 제발 하늬가 볼 수 있게, 제발, 제발!

쿵! 진이 앞쪽으로 쓰러졌다.

5

끅끅대는 울음소리가 들렸다. 진은 온몸이 욱신거리는 걸 겨우
참아 내며 두 눈에 힘을 주었다. 둥그런 천장이 보였고 누르스름한
조명을 받은 각종 액자가 매달린 벽면이 보였다. 기억을 더듬었다.
맞아, 하늬에게 달려가고 있었지. 단 한 발짝뿐이었지만 마음만은
달리고 있었다. 왼팔을 들어 올렸다. 어슴푸레하게 스크린에 표시
된 숫자가 보였다. 체온 36.5°, 산소 잔류량 20%.

'아직 살아 있어.'

진은 안도했다. 모든 걸 누리고 살았으니 오늘 죽으나 내일 죽으
나 별 상관 없지 않겠느냐는 유주의 말은 완벽하게 틀렸다고 생각
했다. 있는 자에게도, 없는 자에게도 생은 소중하다. 누구의 것이
더 소중하다고 말할 수 없다.

어느새 울음소리는 멈췄고 콧물을 들이켜는 소리가 났다. 하늬구

나. 또 한 번 안도했다.

"깼으면 빨리 일어나."

하늬 목소리에 힘이 하나도 없었다. 진은 양팔을 공중으로 들어올렸다.

"도와줘."

눈앞으로 하늬 얼굴이 나타났다. 발개진 눈가, 발갛게 달아오른 볼, 정말로 하늬였다. 그 순간 눈앞에 하늬가 있다는 게 얼마나 고마웠는지 모른다.

"빨리."

진이 공중에 뻗은 손을 흔들었다. 하늬는 퉁퉁 부은 눈으로 진을 흘겨보더니 상체를 앞쪽으로 숙여 진의 등 뒤로 손을 집어넣었다. 하늬의 몸이 가슴께에 닿자 진은 공중으로 들어 올렸던 팔을 내려 하늬의 등으로 둘렀다. 생각했던 것보다 훨씬 자그마했다. 끙, 하늬가 힘을 주고 진을 끌어 올렸다.

"이제 그만 놔. 숨 막혀."

"어, 미안."

진은 얼른 하늬 등에 둘렀던 손을 풀었다. 몸을 일으켜 앉은 진을 물끄러미 바라보던 하늬가 앞쪽으로 고개를 떨어뜨렸다. 하늬의 헬멧과 진의 헬멧이 맞부딪쳤다. 흡, 진은 저도 모르게 숨을 머금고 뒤로 살짝 고개를 뺐다. 너무 가까워 하늬 얼굴이 제대로 보이지 않았다. 조금 있자니 바르르 떨리는 하늬의 속눈썹이 눈에 들어왔다. 곧이어 하늬의 볼로 눈물방울이 주루룩 흘러내렸다.

"네가, 다시, 나타나서, 정말…… 다행이야."

헬멧만 아니라면 눈물을 닦아 줄 텐데. 보호복만 아니라면 하늬의 맨손을 꼭 잡아 줄 텐데.

"그래도 너무 좋아하지는 마라. 넌 내 스타일 아니야."

진은 마음에도 없는 말을 하며 하늬를 조금 뒤로 밀어냈다. 하늬가 픽 웃었다.

아주 잠깐의 침묵. 무슨 말을 하지, 생각하는데 하늬가 자리에서 벌떡 일어섰다. 그러더니 검은 커튼을 옆으로 치우고 창밖을 내다봤다. 하늬가 일어선 자리에 어지럽게 널브러진 갑옷 잠수복 조각들이 보였다. 저걸 다 벗겨 내려고 얼마나 고생했을까 싶었다.

"할아버지라면 어떻게 했을까, 내내 생각해 봤어. 아이가 사라져 버렸을 때, 할아버지라면 어떻게 했을까. 아마 모든 수단을 동원해서 찾으려고 했겠지. 할아버진 그런 사람이었거든. 바다에 누군가를 남겨 두고 온 일 때문에 내내 죄책감에 시달리셨으니까."

하늬는 아주 조용하게 고해성사라도 하듯이 할아버지 얘기를 했다. 진은 숨을 가다듬으며 하늬의 목소리에 귀 기울였다.

"매일 밤 같은 꿈을 꾸시는 것 같았어. 누군가에게 돌아오라고 소리쳤지. 할아버지 돌아가시고 나서 들은 얘긴데, 예전에 지구의 바다에서 조난된 적이 있으셨대. 그때 동료 보물 사냥꾼이 여럿 죽었는데 아마 그 기억 때문에 괴로워하셨던 것 같아."

"누구를 잃는다는 건, 그게 누구든, 상처를 남기거든. 몸이든 마음이든 다른 색깔로 다른 모양으로 상처가 남지."

진은 어두컴컴한 방 안에 혼자 앉아 있던 자신의 어린 시절을 떠올렸다. 어머니를 찾기 위해 밖으로만 떠돌던 아버지, 그런 아버지를 기다리며 혼자 잠들던 날들. 화낼 곳이 없어 더욱 답답했던 그 시간들.

하늬가 고개를 돌려 진을 바라봤다.

"난 이제야 조금 알 것 같은데 넌 왜 다 알아?"

진은 그저 씩 웃고 말았다. 우울한 얘기를 보태고 싶지 않았다. 하늬는 지금도 충분히 힘들어 보였으니까.

"진."

"응?"

"혹시 아까 봤어? 아이 데려가는 거."

"응."

"이제 어쩌지?"

진은 양팔로 바닥을 짚어 몸을 일으켜 세웠다. 처음 한 번 휘청한 걸 빼면 서 있는 것까지는 해 볼 만했다.

"넌 어떻게 하고 싶은데?"

진의 질문에 하늬는 죄지은 사람처럼 고개를 푹 숙였다.

"데려다주고 싶어. 집에."

진이 한 걸음 한 걸음, 하늬 곁으로 다가섰다. 무겁게, 천천히, 그러나 멈추지 않고.

"그래, 데려다주자. 집에."

고개를 든 하늬가 진에게 와락 안겼다.

"고마워."

뒤로 휘청했던 진은 겨우 힘을 주고 몸을 세웠다. 이럴 땐 양팔을 둘러 잘 안아 줘야 하는 건가? 진이 하늬 등으로 팔을 두르려는데 하늬가 다시 뒤쪽으로 몸을 훅 빼냈다. 양팔을 벌리고 어정쩡하게 서 있던 진은 너무나 해맑게 웃는 하늬 얼굴을 보고 풉, 웃음을 터 트리고 말았다.

진은 하늬가 이끄는 대로 돔 지역을 순환하는 버스에 몸을 실었다. 이런 버스는 처음이었다. 자기 부상이라 흔들림이 큰 건 아니었지만 버드호 반밖에 안 되는 좁은 공간, 창밖으로 부옇게 일어나는 흙먼지, 붉은 땅 위로 솟은 은빛 돔 지붕들이 코앞에 바라보이는 풍경. 마치 돔 지역에 처음 와 본 듯이 낯설었지만 곧 설레는 기분이 들었다. 하늬의 세계를 조금은 엿본 느낌. 이 세계 안에서 하늬는 어땠을까, 혹시 붉은 흙 위에서 다른 아이들과 놀이를 했을까, 했다면 어떤 놀이였을까 궁금했다. 저 멀리 한 무리의 아이들이 보호복을 입고 서로를 잡으러 뛰어다니는 게 보였다. 흙먼지 속에서도 아이들은 까르르 까르르 웃어 댔다.

"정말 아주 가끔만 저렇게 노는 거야. 거의 없어."

하늬가 조용히 말했다. 사실 사이버 공간이 아니면 아이들이 모이는 일은 특별히 없었다. 지상 어딘가에 모여 놀기에 화성의 환경은 그다지 훌륭하지 않으니까. 처음엔 모래바람 때문이었고 다음엔 밖에서 소비하는 산소를 줄이기 위해서였다. 3세대 단지 아이들은 조금 다른 이유로 모일 일이 특별히 없었다. 단지 안에 놀이터가 있지만 늘 텅텅 비어 있었다. 공간이 있어도 할 놀이가 마땅히 없었다. 교육 프로그램이 다르기 때문에 관심사도 달라졌다. 집안끼리 아는 아이들이 모여 삼삼오오 대화를 나누었지만 대부분 통신을 활용한 것이었지 직접 만나 놀이를 하지는 않았다.

"난 어릴 때 우주선 시뮬레이션 놀이 많이 했는데, 넌 뭐 하면서 놀았어?"

진의 물음에 하늬가 두 눈을 둥그렇게 떴다.

"진짜? 재밌었겠다. 우리 프로그램엔 그런 거 없었어. 탐사원 훈련받을 때 해 본 게 다야."

"그런데도 조종 대회 1등 했던 거야? 이야, 천부적인데."

진의 감탄에 하늬가 두 눈을 가늘게 떴다. 놀리려고 한 말은 아니었는데 혹시 기분이 상했나 싶었다. 하늬가 피식 웃었다.

"여기 애들은 우주선 조종 기술을 배우는 게 아니라 우주선 수리 방법을 배워. 자기 부상 버스를 디자인하는 게 아니고 버스의 청소 방법을 배우지. 늘 그런 식이야."

"아……."

그 뒤로도 소소한 지난날들에 관한 대화가 오갔다. 진의 어머니, 하늬의 할아버지, 그리고 유주. 진은 그 이름을 떠올리자마자 온몸을 부르르 떨었다. 도대체 이유가 뭐였을까. 5년 동안 봐 왔던 사람과는 완전히 다른 사람을 만나고 온 기분이었다.

"사람한텐 여러 면이 있댔어. 이 우주에 인간만큼 다각적이고 다층적인 존재는 없을 거라고 할아버지가 그러셨지. 알다가도 모를

게 사람 속이라고. 그러니 모든 걸 믿지는 말라고. 하물며 할아버지 자신도."

하늬 목소리가 쓸쓸하게 들렸다. 진은 은근한 눈길로 하늬를 바라봤다.

"난 좀 믿어 볼래?"

"뭐야……."

하늬는 말끝을 흐렸지만 긍정도 부정도 하지 않았다. 게다가 하늬의 볼이 붉어졌다. 그래서 진은 제 마음대로 긍정적인 대답을 들은 것이라 마음먹기로 했다.

하늬의 집에서 한 거라곤 간단하게 스낵을 먹는 동안 진의 보호복 산소통을 채우는 일이 다였다. 진은 산소통을 바라보며 말했다.

"갚을게. 산소 엄청 비싸잖아."

"응."

"스낵도 갚을게. 이것도 싸진 않으니까."

"그래."

"왜 '응' '그래'라고만 말해?"

"그럼 뭐라고 해?"

"아니 뭐, 뭔가 좀 이상해서. 너무 고분고분하니까."

진심이었다. 집에 들어오면서부터, 아니 버스를 탔을 때부터 하늬는 어딘지 모르게 힘이 없어 보였다. 신이 나서 웃는 게 아니라 어쩔 수 없어서 웃는 것 같았고 목소리도 예전처럼 카랑카랑한 맛이 없었다.

"왜 그래? 나랑 있는 게 불편해?"

이것도 진심이었다. 진이 뭔지 모르게 신나 있는 반면 하늬는 뭔지 모르게 주눅 들어 있었다. 그것에 심통이 났다. 하늬가 살짝 웃는 듯 마는 듯하더니 한숨을 폭 내쉬었다.

"그 애, 괜찮을까 걱정돼서."

"아……."

"매수인을 어디서 찾아야 하지? 3세대에 사는 사람이겠지?"

"음, 내가 생각한 우리의 경로는 이래."

진은 먹던 스낵을 잠시 내려놓았다. 그리고 버스를 타고 오면서 생각했던 계획들을 하늬에게 털어놓기 시작했다.

"첫째!"

큭, 하늬가 진의 목소리를 듣자마자 웃음을 터트렸다.

"왜?"

진은 당황한 얼굴로 하늬를 바라봤다. 하늬는 붉어진 자기 얼굴을 가볍게 톡톡 치더니 아무것도 아니라는 듯 고개를 저었다.

"계속해. 첫째."

진은 하늬가 왜 그러는지 이유를 알 수 없었지만 하늬가 웃는 얼굴을 보고 저도 모르게 픽, 웃고 말았다.

6

진의 계획은 이러했다.

첫째, 집에 도착하자마자 챙겨야 할 물품은 각종 무기 및 우주 터미널에 신고할 서류다. 아이를 데리고 가겠다고 출항 신청서를 쓸수 없으니 아이를 다시 숨겨서 창고로 보내야 한다. 그러기 위해서는 쓰레기 수거반의 도움을 받아야 하는데 우선, 진과 아이를 잡아다가 유주에게 바친 그 쓰레기 같은 남자를 찾아야 한다. 그 남자를어떻게 할 건지는 상상에 맡기고.

둘째, 유주를 찾아간다. 죽은 줄 알았던 진을 보면 우선 놀라겠지. 그리고 자신이 어떤 짓을 벌였는지 후회하겠지. 그러지 않는다면 후회하게 만들어 줘야지. 아이에 대한 경매 기록을 삭제하고 아이를 사 간 사람이 누군지 알아낸다. 물론 경매로 번 돈은 그대로토해 내게 한다.

셋째, 매수인을 찾아 아이를 데려온다. 사람을 경매에 부친 일이 얼마나 큰 범죄인지, 그것도 화성인이 아닌 지구인을 화성에 들여놓고 몰래 숨겨 키우려 했다는 것이 어떤 무서운 결과를 낳을 수 있는 일인지 알려 주고 유유히 그곳을 빠져나온다.

넷째, 버드호를 타고 아이를 지구로 데려가 원래 발견했던 장소에 내려 준다. 그런 다음 진과 하늬는 함께 돌아온다. 가능하면 다른 보물도 찾아서.

"어때, 내 계획이? 인간 사냥을 하는 거야. 보물을 찾을 때처럼 조심스럽게 다가가서 그 쓰레기 같은 인간들을 그냥 콱!"

진의 마지막 목소리에 하늬가 놀란 듯 두 눈을 치켜떴다.

"아니, 말이 그렇다고. 진짜 막 사냥하듯 그런다는 건 아니고. 따지고 보면 먼저 인간 사냥을 한 건 그쪽들이니까."

"윽!"

갑자기 하늬가 가슴을 부여잡았다. 온 얼굴이 붉어지도록 숨을 몰아쉬었다. 진은 얼른 일어나 하늬 곁으로 갔다.

"왜 그래, 어디 아파?"

"잠깐, 잠깐만……."

하늬는 코로 숨을 들이마셨다가 내뱉기를 여러 번 했다. 조금씩 하늬 얼굴이 제 색깔로 돌아왔다. 호흡기에 문제가 있나? 돔 지역이라서? 여기 산소 공급 장치가 안 좋은가? 진은 거실과 주방 여기저기를 빠르게 훑었다. 도대체 뭐가 문제인지 감이 잡히지 않았다. 그러다 문득 유주가 하늬를 붙들고 했던 말이 떠올랐다. 심장.

하늬가 자리에 앉았다.

"이제 괜찮아. 저리 가서 더 먹어."

"너, 심장이 아프니? 많이 안 좋아?"

"인공 심장. 바꿔야 할 때가 다 됐거든. 가끔 이래, 괜찮아."

왜 그 말을 놓쳤을까, 후회스러웠다. 진은 얼른 보호복을 입기 시작했다.

"벌써? 아직 더 채워야 해."

"괜찮아, 가는 동안만큼은 버틸 수 있어. 빨리 가자, 우리 집으로."

진과 하늬는 3세대 단지로 가는 자기 부상 버스를 탔다. 조금 전과 달리 버스 안이 텅텅 비어 있었다. 3세대 지하 아파트 단지 앞에 내렸을 때, 해가 뉘엿뉘엿 지고 있었다. 붉은 대지 저 멀리 사라지는 태양은 화성 전체를 발갛게 달궈 놓고 사라지는 불덩이 같았다. 경비실 앞에 선 진은 하늬의 어깨를 끌어안으며 자기 쪽으로 살짝 당겼다.

"미안. 좀 필요한 일이라서."

진은 모니터가 즐비한 경비실에 대고 크게 말했다.

"여자 친구예요. 귀엽죠?"

안에 있던 경비원이 고개를 살짝 끄덕이더니 씩 웃었다. 하늬는 온몸이 굳은 채로 진의 걸음에 맞춰 한 발 한 발 앞으로 내디뎠다. 엘리베이터 앞에 섰을 때 진은 고개를 살짝 숙이고 조용히 말했다.

"여자고, 친구고, 귀엽고, 다 맞구만."

쿡! 하늬가 진의 옆구리를 찔렀다. 진은 조금 멀어졌다가 다시 하늬 가까이 붙었다.

"여기 죄다 CCTV야."

지하 30층까지 내려가는 동안 진과 하늬는 꼭 붙어 있었다. 둘 다 아무런 말이 없었다.

엘리베이터 문이 열리자 바로 현관문이 나왔다. 진은 익숙하게 그 앞에 서서 스크린에 얼굴을 들이밀었다. 번쩍이는 황금색 문이 열리자 보석처럼 빛나는 하얀 바닥이 나타났다. 로비 끝 벽, 천장부터 연결된 스크린에 거대한 폭포수가 흘러내리고 있었다. 아무 생각 없이 로비 안으로 들어오던 진은 뭔가 옆이 허전한 걸 느끼고 잠시 멈춰 섰다. 하늬가 없었다. 얼른 뒤돌았다. 하늬는 마치 못 볼 것을 본 것처럼 입을 떡 벌리고 서서 끝없이 흘러내리는 폭포를 바라보고 있었다.

'아, 이런 건 처음이겠구나.'

진은 얼른 하늬 곁으로 갔다.

"상상했던 것보다 더 대단하다."

하늬 목소리에 경외심이 묻어 있었다. 하지만 그런 태도는 하나도 달갑지 않았다. 버스를 타고 오며 하늬가 했던 말이 자꾸만 맴돌았다.

'화성의 대지는 경계선이야. 지상과 지하, 두 세계를 가장 확실하게 나누는 경계선.'

진은 리모컨을 찾아 벽면을 가득 채우고 있던 폭포 영상을 꺼 버렸다.

"어차피 다 뻥이야. 진짜도 아닌데 뭘."

"그게 뭐가 중요해. 그거 알아? 뇌는 진짜와 가짜를 구분 못 한 대. 눈에 들어온 자극, 귀에 들어온 자극을 그냥 그대로 믿는 거야. 그러니까 들어 봐."

"응?"

"구경 좀 하게. 왜, 아까워?"

하늬의 목소리가 칼칼했다. 살짝 날이 섰달까. 그런데 진은 오히 려 하늬의 그 목소리가 마음에 들었다. 부러워만 하는 게 아니라 함 께 즐기고 싶어 하는 마음이 느껴졌다. 진은 화면을 바꿨다. 거대한 나무가 듬성듬성 서 있는 숲속이었다. 바람 소리까지 생생한.

"우와아아아!"

하늬의 함성에 진은 키득키득 웃었다. 꼬마애를 보고 있는 기분 이었다.

"진짜로 수영장이 있어? 단지 제일 아래층에 말이야. 거기서 자 연 교미로 태어난 강아지들이랑 수영할 수 있어?"

하늬가 어찌나 천진난만한 얼굴로 묻던지, 진은 장난치고 싶은 마음을 꾹 눌러 참느라 혼이 났다.

"그런 게 어딨어. 물이 얼마나 귀한 건데, 그걸로 수영장을 만드 냐? 자연 교미 강아지는 또 뭐야. 화성에 동물이 어디 있다고."

"그치? 그래, 그럴 줄 알았어. 거기까진 힘들지, 맞아……."

하늬는 한껏 기분 좋게 웃었다. 여기 참 좋다, 하면서. 진도 그 모습을 보며 배시시 웃었다. 나랑 사귀면 이런 데서 매일매일 놀 수 있지, 같은 말은 하지 않았다. 세상 더없이 멍청해 보일 것 같았다. 지하 아파트 동마다 마지막 층에서 한 층만 더 내려가면 모든 아파트 동이 연결되는 베이스 라운지가 나오는데 실제로 수영장을 몇백 개는 짓고도 남을 크기였다. 하지만 그곳엔 수영장 대신 증강현실 산책로라든가 자그마한 연못, 아이들을 위한 놀이터 같은 것이 있었다. 지구처럼 계절을 느낄 수도 있어서 아파트 단지에 사는 많은 사람이 그곳을 애용했다. 데이트하기에도 나쁘지 않은 곳이었다. 그 생각을 하다 진은 저도 모르게 픽, 웃고 말았다.

"2층 다녀올게. 여기 있어."

진은 로비 끝 실내 엘리베이터를 타고 2층으로 올라갔다. 방에 들어가자마자 가장 먼저 한 일은 아버지의 주치의에게 전화를 거는 것이었다. 하늬는 이제 괜찮다고 했지만 진은 영 마음이 놓이지 않았다.

"아, 선생님! 연락 늦어서 죄송해요. 그냥 집으로 와 주세요. 언제요? 아, 그래요…… 그럼 그렇게라도 해 주세요."

한 시간쯤은 집에 머물러야 했다. 그사이 짐 정리나 해야지 싶었다. 언어 해독기를 챙기려고 책상을 뒤지는데 컴퓨터 모니터에 메일이 도착한 게 보였다. 다음에. 우선은 급한 일 먼저. 진은 메일을 못 본 척하고 완전히 충전된 전기총과 레이저총을 검은 배낭 안에 밀어 넣었다. 쓸 일이 없기를 바랐지만 계획한 대로 일이 술술 풀리리라는 보장이 없었다.

'아, 서류!'

어쩔 수 없이 다시 컴퓨터 앞에 앉았다. 탐사원 홈페이지에 들어가 필요한 서류를 내려받아야 했다. 메일 알림 아이콘이 화면 여기저기를 돌아다녔다. 저런 설정은 뭐 하러 해 놨담. 진은 얼굴을 찌푸리며 메일을 열었다. 발신자 유주, 수신자 진.

'나한테 메일을 보냈어? 왜?'

진은 얼른 메일함을 열어 봤다. 모두 두 통이었다. 첫 번째, 발신 시각 3월 11일 오전 2시. 두 번째, 3월 11일 오후 1시.

'하나는 내가 도착하기 전, 하나는 나를 그 잠수복에 가둔 뒤네.'

첫 번째 메일을 열었다.

진에게.

네가 말한 거울에 대해 좀 알아낸 게 있어서 알려 주려고 메일로 보내. 잠들었을 것 같아서. 배에서 건진 물건들 사진 봤어. 내가 가지고 있는 자료들이랑 연결 좀 해 봤는데 값이 꽤 나가겠어. 일단은 축하해. 당시 박물관에 있던 거울이 하나 있긴 한데. 그건 대지진 전에 유실됐다고 나와. 도둑맞았다나 봐. 유실되고 얼마 뒤에 범인이 잡혔는데 자기도 다시 잃어버렸다고 했대. 제법 큰 사건이어서 당시에 뉴스로도 나왔대. 내가 알아낸 건 여기까지. 이따 만나자. 일어나면 전화해.

유주.

첫 번째 메일은 어쩐지 예전의 유주를 보는 것 같아 씁쓸했다. 온몸이 굳어 있는 진을 보며 아쉽다고 미소 짓던 얼굴은 정말이지 다른 사람이었다. 어떤 것이 가면인지 모를 만큼 소름 끼치도록 무서운 얼굴이었다.

두 번째 메일을 클릭해야 할까. 진은 자신이 없었다. 자신을 그렇게 만들고 난 뒤, 도대체 무슨 말을 하고 싶었던 걸까. 알리바이를 만들기 위해 메일을 보냈을지도 모른다는 생각과 숨겨진 진심을 전하려 했을지도 모른다는 생각이 팽팽하게 맞섰다. 궁금하면서도 알고 싶지 않은 두 마음이 끝끝내 버티기를 했다.

'다음에. 아이 먼저 찾고.'

결국 진은 메일 창을 닫고 탐색원 홈페이지로 들어갔다. 건강 증명서, 예방 접종 확인서, 바이러스 신고서, 우주선 내부 설계도, 우주선 수리 내용, 그리고 보고서! 이번처럼 '보고서'라는 글자가 질리게 보인 적은 처음이었다. 지구에 다녀올 때마다 보고서를 써내야 한다는 걸 깜박하고 있었다. 보물을 찾으러 가는 게 아니라 보물을 제자리에 돌려놓으러 가는 거였기에 미처 마음을 두지 않았다.

'어휴, 뭐라고 둘러대지. 거짓말은 딱 싫은데.'

진은 툴툴거리며 보고서 내용을 생각했다. 그런데 자꾸만 두 번째 메일이 머릿속에 어른거렸다.

'그래, 알아보자! 도대체 뭐라고 둘러댔는지.'

진이 메일을 클릭하려는 순간 1층에서 다급한 목소리가 울렸다.

"진! 어서 나와, 진! 빨리!"

하늬였다. 진은 자리를 박차고 일어나 방문을 열었다. 그리고 로비를 내려다보는 순간, 그 자리에 석고상처럼 굳고 말았다.

하늬가 유주의 가슴에 전기총을 겨누고 있었다.

7

"진! 어서 연락해, 누구한테든! 아버지한테 해, 이 여자가 집에 들어왔다고, 널 죽이려 했던 여자가 집에 있다고, 어서!"

하늬는 실내 엘리베이터 문을 나서는 진에게 소리쳤다. 무표정한 얼굴로 하늬를 바라보던 유주가 뒤로 돌았다. 진과 눈이 마주친 유주는 아주 조금, 보일 듯 말 듯 웃었다. 진은 차분하게 걸어 유주 가까이 다가섰다. 유주의 표정은 어찌 보면 조금 기뻐하고 있는 것 같았다. 도대체 무슨 생각인 걸까. 진은 유주의 표정에서 감정을 읽어 보려 애썼지만 마음대로 되지 않았다.

"다행이야. 계획대로 잘됐나 보네."

유주가 알쏭달쏭한 말을 내뱉었다. 진이 무어라 대답하기도 전에 하늬가 날 선 목소리로 말했다.

"웃기지 마! 그깟 거짓말에 속을 것 같아? 진, 이 여자가 뭐라는 줄 알아? 널 살리기 위해 한 행동이었대. 널 구하기 위해서. 어디서 삼류 드라마에나 나올 말을 하고 있어. 고장 난 AI 작가들도 그런 대사는 안 쓰겠어. 안 그래?"

하늬의 물음에 진은 아무런 대꾸도 하지 않았다. 두 번째 메일을 좀 더 빨리 열어 보지 않은 게 후회되었다.

"하늬, 잠깐만. 좀 들어 보자."

진의 침착한 태도에 하늬는 더 화가 나 방방 뛰었다.

"뭘 들어? 미쳤니? 저런 버러지 같은 사람 말을 왜 들어?"

진의 말에 용기라도 얻었는지 하늬를 힐끗 바라보는 유주의 시선이 기세등등했다.

"그래, 진. 우리가 함께한 세월이 얼만데. 설마 내가 정말 널 죽이려 했다고 믿지 않았을 거라 생각해."

유주가 들려준 얘기는 이랬다. 유주는 지난 몇 달 동안 자신의 경매 기록이 외부로 유출되고 있다는 걸 알아차렸다. 함께 일하는 사람 중 누군가 첩자 노릇을 하고 있다고 생각했다. 불법 도청을 시도해 보거나 CCTV를 설치해 봤지만 잡아내지 못했다. 유주로서는 불법 경매 자료가 어디로 흘러 들어가고 있는지 꼭 알아내야 했다. 고객과 보물 사냥꾼 모두를 보호하려는 조치였다.

"진, 네 우주선에도 작은 CCTV를 설치했었어. 널 믿지 못했다기보다는 널 보호하고 싶었기 때문이라고 해 두자. 그런데 어제 어떤 남자에게 전화를 받았고 지구에서 사람을 데려온 보물 사냥꾼이 있단 얘길 들었어."

"그래서요?"

"확인해야 했어. 네가 아니길 빌었으니까."

"그다음은요?"

유주는 버드호에 지구인이 타고 있지 않았다는 사실을 확인했다. 그리고 조금 뒤 하늬가 경매장에 도착했다. 버드호의 진을 찾기 위해. 유주는 둘이 연관되어 있을 거라 짐작했다. 경매장 안 누군가 자신들을 지켜보고 있을 거라 생각한 유주는 최대한 진에게 문제가 생기지 않을 방법을 찾아야 했다. 지구의 아이를 경매장으로 데려온 이상 누군가에게 팔아야 했다. 되도록 겁이 많은 권력가에게. 이 일에 권력가를 끌어들이지 않으면 문제가 커질 것이라 예상했다. 지구에서 생명체를 가지고 오는 일은 화성 연합 정부에서 엄격하게 금지하고 있는 일이고 이 일이 발각될 시 어떤 처벌을 받게 될지 상상하기조차 두려웠다. 지구의 아이를 데려간 사람은 화성 연합 정부 최고 위원회 부위원장의 아내였다. 그녀 정도라면 이 모든 일을 덮어 줄 뒷배가 되어 주리라 생각했다.

"그게 다 사실이라면, 나한테 어떤 힌트 정도는 줬어야 하는 거 아니에요?"

"누굴 믿고? 그 경매장 안에 있던 사람들 중 누군가 우리를 지켜보고 있었을 거야. 네 아버지에게 넌, 드림워터사를 모두 빼앗기고도 남을 치명타가 되겠지."

"그러니까 누나 말은…… 누군가 아버지 회사를 뺏고 싶어서 누나 뒤를 캐고 있었을 거라는 건가요?"

"그것밖엔 특별한 이유가 떠오르지 않았어."

잠자코 듣고 있던 하늬는 총을 거두고 진 앞으로 성큼성큼 걸었다. 그리고 진을 조금 뒤쪽으로 끌고 가 유주가 볼 수 없도록 진의 등을 돌려 자신 앞으로 세웠다.

"믿는 거야? 진, 너 지금, 저 여자 말 믿어?"

"생각 중이야."

"뭘?"

"어디서부터 어디까지를 믿어야 할지."

"이야기를 밥 먹듯 지어 대던 여자야. 옛날 사진 한 장, 전설 한 조각, 그런 거로 어마어마한 이야기를 지어 대던 여자라고."

진은 뒤돌아 소파에 앉아 기다리고 있는 유주의 얼굴을 바라봤다. 오랫동안 보아 왔던 평온하고 침착한 얼굴 그대로였다.

"하늬, 유주 누나 말이 다 거짓이라도 지금은 선택의 여지가 없어."

"왜? 저 여잘 신고해 버려!"

"아니야, 이용해야지. 아이를 찾아야 할 거 아냐. 유주 누나 말이 어디까지 진짜인지 모르지만 지금 누난 아이가 어디 있는지 알고 있어."

잠자코 진의 눈을 바라보던 하늬는 '아이'라는 말에 주춤했다. 그래, 지금 중요한 건 아이를 찾는 것이다.

"나, 믿을 거지?"

진이 하늬의 어깨를 잡으며 물었다. 진의 깊고 짙은 눈빛에서 거짓이나 불안이라고는 티끌만큼도 찾아낼 수 없었다. 하늬는 결국 고개를 끄덕였다. 그때 초인종이 울렸다. 진은 하늬의 손을 잡고 현관 쪽으로 가 1층 경비실 화면에 비친 얼굴을 바라봤다. 하늬도 화면에 비친 얼굴을 함께 봤다.

"어?"

하늬가 놀란 얼굴로 화면에서 눈길을 떼지 못했다.

"왜? 아는 분이야? 원래는 우리 아빠 주치의가 오셔야 하는데 긴급 수술이 잡혔다고 다른 분 보내 주신다고. 믿을 만한 분이라고 해서⋯⋯."

현관 엘리베이터 문이 열렸다. 하늬는 양팔을 활짝 벌려 엘리베이터에서 내리는 사람을 끌어안았다.

"아저씨!"

보에데오는 조금 놀라 뒤쪽으로 한 걸음 내뺐다가 하늬 목소리를 듣고는 얼른 얼굴을 확인했다.

"아니, 하늬! 이게 얼마 만이니? 세상에, 너 여기 살고 있었구나?"

"아뇨, 그건 아니고요. 어쨌든 너무 반가워요. 잘 지내셨어요?"

하늬는 거의 울 듯한 목소리로 물었다. 할아버지를 떠나보내고 한 번도 찾아가지 않았다. 가끔은 아저씨 생각이 났지만 그럴 때마다 다른 일거리를 찾아내려 애썼다. 아저씨를 만나면 참고 참았던 슬픔이 폭발할 것 같았다. 슬픔에 빠져 허우적대고 싶지 않았다. 할아버지가 지켜 주려 했던 자신을 지켜 내는 방법이라고 생각했다.

그렇게 시간이 흘렀다. 눈가 주름이 조금 더 깊어진 걸 빼면 아저씨는 여전해 보였다. 다행이었다.

"아니, 그런데 날 여기로 부른 건 도대체 누구냐?"

보에데오는 하늬와 진, 유주를 번갈아 바라봤다. 하늬가 보에데오 팔을 잡고 로비 가운데 소파 쪽으로 걸었다.

"우선 앉으세요. 아마 저 친구가 연락한 모양이에요."

하늬가 웃으며 진을 가리켰다. 진이 고개를 살짝 숙여 인사했다. 하늬는 유주를 없는 사람 취급하며 그 건너편에 자리를 잡고 앉았다. 유주 역시 앉아 있던 자세 그대로 눈길로만 다른 사람들을 좇았다. 진이 다가와 하늬와 아저씨 앞 테이블에 걸터앉았다.

"그러니까……."

진이 뜸을 들이자 하늬가 대뜸 말을 이었다.

"이 아저씨야. 할아버지한테 '하늬, 넌 아직 살아 있단다.' 하고 말하게 시킨 분."

"아."

진은 그 어느 때보다 활짝 핀 얼굴로 말을 잇는 하늬를 바라보며 묘한 기분이 들었다. 세상 근심 걱정은 모두 사라진 얼굴, 가장 자연스러우면서도 귀여운…… 얼굴. 마치 할아버지가 살아 돌아온 것처럼 대하고 있다는 느낌마저 들었다. 그걸 보고 있는데 왜 마음 한쪽이 싸르르 아파지는지, 그런 감정이 느껴진다는 게 신기했다. 엄마가 사라지고 10년 동안 자신이 꾸준히 혼자라고 느꼈던 것처럼 할아버지를 떠나보낸 하늬 역시 혼자만의 방에 갇혀 지냈던 건 아닐까. 진은 오래된 기억 속 자신의 모습에 하늬의 모습을 보태는 중이었다.

"그래, 심장은 괜찮고? 아직 시간이 조금 남았겠구나. 하긴, 그게 말이 5년이지 1년쯤 더 써도 끄떡없을 거다. 본래 물건 만드는 사람들이 그래. 쓸 수 있는 기한을 한참이나 남겨 놓고서도 몇 월 며칠까지밖에 못 씁니다, 하고 겁을 주지. 그러니까 장사꾼이라 하겠지? 허허허."

진은 자신이 봤던 하늬의 상태를 설명했다. 보에데오는 조금 심각해진 얼굴로 하늬의 심장 상태를 살폈다. 다행히 큰 문제는 발견되지 않았다. 하지만 만약의 사태에 대비해 휴대용 인공 심장 박동 재생기를 꺼내놓았다. 하늬 손안에도 들어갈 만큼 자그마한 크기였다.

"되도록 심장 근처에 넣어 두거라. 심장 통증이 너무 심할 때 가슴팍에 갖다 대면 자동으로 작동될 거야. 그 녀석이 작아 봬도 힘이 좋아. 전류를 흘려보내서 심장을 뛰게 해 주거든. 그걸 쓸 일이 없어야 할 텐데. 우리, 성능 좋은 인공 심장으로 잘 찾아보자, 응?"

보에데오가 하늬 손을 꼭 잡았다. 할아버지가 그랬던 것처럼 따뜻하기 이를 데 없는 손이었다.

"저기…… 데오 아저씨."

하늬가 조심스레 보에데오를 불렀다.

"봐 줬으면 하는 사람이 한 명 더 있어요."

하늬의 눈빛을 보고 진은 바로 알아차렸다. 하늬가 보에데오에게 보여 주려는 사람이 누구인지.

8

하늬와 진, 보에데오는 유주의 뒤를 따라 한 층 아래 베이스 라운지로 내려갔다. 베이스 라운지를 통해 매수인이 사는 9동으로 이동해야 했다. 하늬는 보호복 헬멧을 내리고 베이스 라운지에 가득한 산소를 한껏 들이마셨다. 최고급 산소는 이런 느낌이구나, 생각했다. 그 어느 때 맡았던 공기보다 신선하게 느껴졌다. 산책로 가득 홀로그램 나무들이 보였다. 하늬는 이 신선한 공기가 혹시 저 나무들에게서 나온 건 아닐까 하고 말도 안 되는 상상을 했다. 지구에서 봤던 숲, 겁이 나서 헬멧에는 손도 대지 못했던 때, 한번 벗어 보기라도 할 걸 그랬나 후회가 됐다. 한편으로는 지구의 숲에서 느껴지는 공기가 지금 이곳과 비슷할까 궁금해졌다. 지구에서 드문드문 보이던 숲은 하나의 덩어리 같았고 짙푸르다 못해 검은색에 가까워 보였다. 그것마저도 아름다웠다. 화성엔 없는 풍경이니까. 하늬는 다음에 지구를 찾는다면 꼭 한 번은 헬멧을 벗어 보리라 다짐했다.

산책로를 따라 걸으며 넷은 아무런 대화도 나누지 않았다. 서로의 뒷모습에, 옆얼굴에 흐르는 묘한 긴장은 모든 걸 빨아들이는 블랙홀 같아서 단 한마디도 그대로 내뱉을 수 없었다. 9동에 다다른 유주는 엘리베이터 출입구 옆 스크린을 바라보며 2, 1, 0, 2를 차례로 눌렀다. 신호가 울리고 호들갑스러운 여자의 목소리가 흘러나왔다. 유주의 얼굴을 본 여자는 아주 많이 반가워하면서도 의아함을 감추지 않았다. 유주는 보물에 대한 새로운 정보가 있다는 말만 했다. 따지고 보면 완벽히 틀린 말은 아니었다. 그 보물 같은 아이를 데려가야 한다는 건 몹시도 새로운 정보였을 테니까.

아파트, 로비 안으로 들어간 유주는 손목 스크린을 아파트 내부 시스템에 연결했다. 로비 뒷벽, 바람에 살랑이던 풀들이 사라지고 검은 글자가 빼곡한 서류가 나타났다. 중간중간 빨간 줄이 그어진 부분이 한 번씩 커져 자연스레 눈길이 따라갔다. 유주는 보물 경매를 할 때처럼 가운데로 걸어 나가며 또박또박 말했다.

"화성 연합 정부 외부 유입물 차단 관리 법률입니다. 1조 1항, 화성에서 출생한 사람을 제외한 생명체는 그것이 비록 사체라 할지라도 화성 내부로 유입할 수 없다. 잘 알고 계시겠지만 경매에서 낙찰받은 그 아이는 엄연한 불법 거래예요."

유주의 목소리에 여자는 얼굴을 찌푸렸다.

"아니, 이거 봐요. 당신이 그걸 몰라서 나한테 그 아이를 판 건 아니지 않나요? 이러면 곤란하지. 내가 낸 돈이 얼만데."

여자의 목소리는 매우 날이 서 있으면서도 차분했다. 아이를 보고 좋아 어쩔 줄 몰라 하며 호들갑스럽게 웃던 모습은 전혀 찾아볼 수 없었다. 유주 역시 차분하게 대꾸했다.

"네, 알죠. 보물 경매 자체가 불법이고 우린 그걸 공유하는 사람들이니까요."

"그런데 도대체 지금 와서 이런 걸 나한테 보여 주는 이유가 뭡니까?"

여자는 로비 가운데 소파에 앉으며 한쪽 다리를 꼬아 올렸다.

"제가 미처 몰랐던 걸 알게 됐어요. 보시죠."

유주가 스크린 화면을 바꿨다. 배경은 거무튀튀했고 마치 괴물처럼 보이는 형상이 한 컷 한 컷 지나갔다. 지구에서 발견한 사람들의 모습이었다. 하늬와 진은 사진을 보자마자 단번에 알아차렸지만, 여자와 보에데오는 사뭇 놀랐는지 입을 벌린 채 아무런 말도 하지 못했다. 일반 화성인들에게는 공개되지 않는 사진이었으니 놀라는 게 당연했다.

"아주 적은 숫자이긴 합니다만, 지금도 지구엔 사람이 살고 있습니다. 보시다시피 제대로 된 모습을 찾기는 힘들죠. 믿기 힘드시겠지만, 경매에서 사 온 아이가 언제 저런 모습으로 변할지 알 수 없다고 해요. 단순히 환경 때문인지, 어떤 바이러스 때문인지 정확히 모릅니다. 지구 환경 때문이라면 몰라도 바이러스 때문이라면 얘기가 달라져요. 기억하실 겁니다. 지구에서 가져온 식물 때문에 화성인 열두 명이 사망했던 사건. 저는 부인을 도와드리려는 겁니다. 내신 돈은 모두 돌려드리겠습니다."

여자는 자리에서 벌떡 일어나 어디론가 전화를 걸었다.

"여기, 9동 2102호입니다. 방역 팀, 방역 팀 좀 불러 주세요!"

유주는 그 틈을 놓치지 않고 말했다.

"오늘 있었던 모든 일은 함구하셔야 해요. 이 일이 발설되면 남편께도 큰 화가 미칠 수 있습니다."

급하게 2층으로 오르는 엘리베이터를 타려던 여자가 유주를 보고는 고개를 끄덕끄덕했다.

"2층에, 2층에 있어요. 얼른 데려가세요."

유주의 눈짓에 하늬와 진, 보에데오는 엘리베이터에 올랐다.

"하늬, 내가 본 게 다 사실이니?"

보에데오의 물음에 하늬는 고개를 끄덕였다.

"혹시 내가 봐야 하는 사람이 사진에 나왔던 그런 사람이냐?"

"아니에요. 어린아이예요. 우리랑 똑같아 보이는 아이요."

유주를 따라 방 안으로 들어섰다. 햇빛이 들이치는 것처럼 환한 방 안, 사각의 투명 유리 틀 안에 아이가 모로 누워 있었다.

"저 아이가 어떻게 화성에 있는 거니?"

보에데오의 물음에 하늬는 고개를 숙였다.

"버려두고 올 수 없었어요. 제가 발견했거든요."

"사냥이 아니니 다행이구나. 한때 지구에서 인간 사냥이 유행했다더라."

"네? 인간 사냥이요?"

하늬와 진이 놀란 얼굴로 보에데오를 바라봤다.

"유주 씨가 더 잘 알 텐데요."

보에데오가 넌지시 유주에게 말을 돌렸다.

"오래전 일이에요."

유주는 초창기 보물 사냥꾼들의 보고서를 떠올렸다. 지구의 유물을 가져오기 위해 얼마나 많은 지구인을 학살했는지 수치가 기록된 문서였다. 지구에서 괴수로 변한 사람을 만났을 때 어떻게 행동해야 하는지 강령이 정해질 수 있었던 건 초창기 보물 사냥꾼들이 지구인들을 대하며 발견해 낸 정보들 덕분이었다. 보물 사냥꾼들은 모습이 변해 버린 지구인들을 괴수 인간이라 불렀다. 성질이 포악하고 대화가 전혀 통하지 않으며 네발로 달리는 동물과 같이 바닥을 기어 다닌다는 보고가 대부분이었다. 생태계가 파괴되어 네발 달린 짐승들과 먹잇감을 경쟁하며 심지어 동족을 해치는 일도 다반사라고 했다. 어떤 보물 사냥꾼도 그들을 돕거나 구해 내려 하지 않았다. 이미 인간이 아니라고 판단한 것이다.

괴수 인간들에게 당한 보물 사냥꾼도 적지 않았다. 그들에게 보물 사냥꾼은 자신의 영역을 침범하는 존재였고 서로가 서로에게 적대적일 수밖에 없었다. 의회에서 무기 사용 허락이 떨어지자 그 대결 구도는 한쪽으로 기울었다. 화성인을 보호하기 위함이라는 명분 아래 수많은 지구인이 목숨을 잃었다.

화성 연합 정부는 쓰레기장이 되어 버린 지구에서 인류의 유산을 가져오는 일이 대단한 책임인 것처럼 광고했다. 화성인들은 열광했다. 아직 지구에 사람들이 살고 있다는 말은 쏙 뺐다. 보물 사냥꾼들이 발견한 괴수 인간들의 보고서 내용 역시 의회 안 깊숙한 창고로 들어갔다. 지구인들의 사진을 몇 장 남겨 놓은 것은 조금 전 유주가 매수인에게 보여 줬던 것과 같은 보물 사냥꾼들의 교육용뿐이었다. 그런데도 소문은 화성의 대지를 떠도는 먼지와 같아서 괴수 인간에 관한 이야기는 사람들과 사람들 사이를 날아다녔다. 실체를 확인할 수 없는 소문이었기에 어느 날은 대지 위로 붕 떠올랐다가도 힘없이 가라앉기를 반복했다. 세월이 흘렀고 화성인들은 잊었다. 어떤 때에는 지구에 사람이 살았었다는 사실조차 잊은 것처럼 굴었다. 그러니 괴수 인간의 사진을 본 매수인이 아이가 괴물로 변할 수도 있다는 말을 믿는 건 지극히 당연한 일이었다.

"전 매수인과 정리해야 할 것이 있어요."

유주가 투명 유리 상자로 다가가며 말했다. 유주는 버튼을 눌러 유리 틀을 아래로 내렸다. 아이는 미동도 없이 누워 있었다. 유주가 뒤돌아 보에데오를 보더니 고개 숙여 인사했다. 그리고 진의 어깨를 한 번 꾹 눌러 잡은 다음 방을 나갔다. 그사이 하늬가 아이 가까이 다가갔다.

"혹 이 아이가 괴수 인간들과 함께 살았을까요? 어쩌면 모두 다 괴수처럼 변해 버린 게 아닐지도 모르고요."

"글쎄다, 진실은 그 아이만 알고 있겠지. 어쨌든 그 아이는 잠시나마 사냥감이 되었지."

하늬는 죄책감에 고개를 떨궜다.

"아, 잠깐만."

보에데오가 아이 가까이 다가가 품속에서 자그마한 의료용 키트를 꺼냈다.

"이런 건 잠들었을 때 하는 게 낫지. 암."

보에데오는 혈액 검사기를 꺼내 아이의 손가락 끝에 갖다 댔다. 아이는 인상을 찌푸리지도 않았다.

"어때요? 괜찮아요?"

하늬가 다급하게 물었다. 보에데오는 하늬를 진정시키려는 듯 부드럽게 웃었다. 그리고 혈액 검사기를 의료 키트 안쪽에 있는 자그마한 모니터와 연결했다. 결과를 기다리는 사이 아이의 맥박과 호흡도 살폈다.

"흐음……."

모니터를 보던 보에데오 목소리에 하늬와 진이 돌아봤다.

"나쁜가요? 위험해요?"

"아니, 지극히 정상이야. 혈액도 깨끗해. 바이러스 같은 건 없어."

"너무 깊게 자는 거 아닐까요?"

진이 걱정스럽게 물었다. 보에데오는 자그마한 주사기를 꺼내 아이의 손등에 가볍게 톡 갖다 댔다.

"영양제야. 기운이 좀 돌게 해 줄 거다."

아이가 눈썹을 움찔거렸다. 하늬는 얼른 아이 곁으로 다가가 무릎을 꿇고 앉았다. 그리고 아이의 머리칼을 쓸어 넘기며 속삭였다.

"얘, 너 아직 살아 있어."

3부
우주의 미아

1

"미아! 미아!"

아빠 목소리에 정신이 번쩍 들었다. 낚싯배 안, 자그마한 방 한쪽에 웅크리고 잠들었던 미아는 제 몸을 덮고 있던 담요를 들고 배 밖으로 나섰다. 배를 이어 붙인 다리 끝, 가장 마지막 배 갑판 위에 선 아빠가 환하게 웃으며 손을 흔들었다. 미아는 출렁이는 배들 사이를 넘어 최대한 빠르게 아빠가 있는 배로 달리듯 걸었다.

"이것 좀 봐라! 여기 통조림이 한가득이야!"

어디서 흘러왔는지 나무 상자 안에 참치와 정어리 통조림이 가득했다. 파도에 뒤집힌 배에서 흘러나왔거나 물에 잠긴 마트 창고가 뚫렸거나 둘 중 하나일 거라 짐작했다. 나무 상자도 한두 개가 아니었다. 아빠 곁에 털보 아저씨랑 건치 아저씨가 엎드려 흘러오는 나무 상자를 건져내고 있었다.

"우와! 진짜 많아요. 일주일은 끄떡없겠어. 그런데 다른 아저씨들은요?"

미아는 얼른 고개를 돌려 밧줄로 묶인 배의 수를 세었다. 바다 위에 옆선을 붙인 채 출렁이는 배는 총 여섯 척뿐이었다. 나머지 여섯 척은 어디로 갔을까?

"응, 일하러 가셨지들. 오늘 꽤 많은 짐을 실어 나르기로 되어 있었잖아. 물을 얻을 수 있댔으니 아주 큰일이지, 암."

"아, 맞아. 무슨 실험실에서 자료를 옮긴댔죠?"

미아는 들고 있던 담요로 상자 안에서 통조림들을 들어내 닦기 시작했다.

열두 척 배의 선장들이 서로의 몸과 같은 배를 묶어 바다 위에서 생활한 지도 벌써 석 달이 넘었다. 대지진이 몰고 온 쓰나미와 지각 변동은 모든 것을 바꾸어 놓았다. 살아남은 사람들은 좁아진 땅 위에서 지진에 쓰러져 버린 도시 사이를 떠돌았고 바다를 선택한 사람들은 언제 또 덮칠지 모르는 쓰나미의 공포를 이겨내야 했다. 살아남은 자 모두는 갈라진 땅속에, 속절없이 높아져 버린 바다에 사랑하는 사람을 묻었다. 누구를 탓할 수도 없는 슬픔이었기에 한동안은 온 지구가 침묵에 빠진 것 같았다. 그 누구도 서로에게 안녕하냐는 인사를 건네지 못했다.

"아이쿠!"

털보 아저씨가 몸을 숙여 상자를 들어 올리다 말고 바닷속을 뚫어지게 바라보며 소리쳤다.

"왜 그래?"

아빠 목소리에 털보 아저씨가 뒤돌아봤다. 짙은 눈썹이 축 처져 있었다.

"무전기를 빠뜨렸네요."

"뭐어? 으이그, 칠칠치 못하기는."

아빠도 털보 아저씨 옆으로 다가가 바닷속을 멀뚱멀뚱 바라봤다. 미아도 아빠 곁으로 다가가 바다를 내려다봤다. 검푸른 바다는 모든 걸 삼켜 버릴 기세였다. 금방이라도 바닷속에서 툭 튀어나온 커다란 손이 자기 몸을 칭칭 휘감고 바닷속으로 휘익 들어갈 것만 같은 상상에 미아는 얼른 고개를 젓고 몸을 낮춰 바닥에 앉아 버렸다. 어려서부터 쭉 보아 온 바다였지만 석 달 전부터 바다는 언제 튀어오를지 모를 악마처럼 느껴졌다. 미아가 틈만 나면 자그마한 방 안으로 숨어들어 담요를 뒤집어쓰고 있는 건 그날의 기억 때문인지도 모른다.

석 달 전 어느 날이었다. 애애애앵! 애애애애앵! 시끄럽게 울리는 경보음을 듣자마자 미아와 엄마는 달리기 시작했다. 사람들은 모두 높은 건물로 올라가고 있는데 엄마가 달리는 곳은 바닷가 쪽이었다. 저 멀리서부터 빌딩 숲보다 높은 파도가 달려들고 있었다. 온몸이 차갑게 식고 그대로 굳어 버리는 기분이었다. 미아는 그 자리에 우뚝 서고 말았다. 찌이익 콰광쾅! 천둥번개와 함께 굵은 빗방울이 내리꽂히기 시작했다. 앞서가던 엄마가 되돌아오고 건치 아저씨가 달려와 미아의 손목을 잡으며 소리쳤다.

"어서 뛰어! 배 타야 한다. 배 타고 잠수함까지 가야 해!"

미아가 멈칫거리며 몸에 힘을 주었다.

"배, 배를 타면 어떡해요. 저기, 저기!"

미아가 바다 먼 곳을 가리켰다. 집채만 한 파도가 작정이라도 한 듯 달려들고 있는 게 보였다.

"그러니까 잠수함을 타야지! 물이 들이쳐도 괜찮은 건 잠수함밖에 없어!"

건치 아저씨는 관광용 잠수함을 운영하고 있었다. 잠수함까지 가려면 배를 타야 했다. 아빠는 관광객을 실어 나르거나 낚시꾼들을 태워 돈을 벌었다. 저 앞쪽, 선착장에서 밧줄을 풀던 아빠가 미아를 보고 급히 손을 흔들었다. 그제야 안심이 되었다. 미아는 엄마 손을 꽉 잡고 아빠가 있는 배 쪽으로 달렸다. 그런데 갑자기 땅이 떨려 왔다. 한 걸음 뗄 수도 없게 온 사방이 흔들리는가 싶더니 꾸지지직! 무언가 찢기는 소리가 났다. 악, 악, 사람들의 비명이 들리고 눈에 들어오는 모든 것이 무너져 내렸다. 머릿속이 멍해지고 바로 옆에서 엄마가 무어라 말하는 소리도 들을 수가 없었다. 모든 것이 느리게 흘렀다. 아빠가 미아를 보고 빨리 오라고 손을 흔드는 모습, 엄마가 아빠에게 손을 흔들며 앞으로 나아가는 모습……. 미아는 그 자리에 얼어붙고 말았다. 저 앞으로 건치 아저씨와 엄마가 달려나가는 게 보이는데, 자기도 달려야 한다고 생각은 하는데, 몸이 움직여지지 않았다. 미아 손을 놓쳤다는 걸 인식한 엄마와 건치 아저씨가 놀란 눈으로 뒤를 돌아봤다. 엄마가 소리를 지르고 건치 아저씨가 달려왔다. 건치 아저씨는 미아를 번쩍 안아 올렸고 선착장 쪽으로 다시 달렸다. 세상이 흔들리고 건물이 무너져 내리는 게 고스란히 보였다. 창밖으로 손을 뻗으며 소리치는 사람이 건물과 함께 무너져 먼지 속에 파묻히고 어디론가 달려가던 사람이 갑자기 생긴 구멍으로 쑥 빠져들었다.

가까스로 아빠 배에 오른 미아는 조종실 아래 자그마한 방으로 들어가 엄마가 둘러 주는 담요를 뒤집어썼다. 조금 뒤 엄마는 갑판으로 나갔다. 드르르릉, 배의 모터가 돌아가는 소리가 났다. 엄마는 갑판에 널브러진 물통이나 낚싯대를 정리했고 아빠는 조종실로 올라갔다. 쓰나미였을까, 그저 파도였을까. 하얀 물줄기가 갑판을 뒤덮었다. 동시에 배가 옆쪽으로 휙 돌았다. 미아는 두 눈을 꾹 감았다. 그대로 있다간 토가 나올 것 같았다. 수없이 타 본 배지만 지금 같은 상황은 익숙하지 않았다. 다시 눈을 떴을 때 갑판 여기저기로 뛰어다니는 아빠와 건치 아저씨가 보였다. 아빠가 바다로 밧줄 한 덩이를 휙 던졌다. 그리고 밧줄을 던진 곳으로 소리치며 손짓을 했다. 누구한테 밧줄을 던졌을까, 왜? 미아는 덜덜 떨리는 다리에 힘을 주고 방에서 나가 아빠를 불렀다.

"아빠……."

"빨리, 빨리! 어서 어서, 어어어!"

아빠는 정신없이 소리치고 있었다. 빗줄기가 미아의 얼굴을 때렸다. 미아가 아빠의 눈길을 따라 고개를 돌린 곳에 엄마가 있었다. 바닷속이었다. 엄마는 헤엄을 치며 밧줄을 잡으러 다가오는 중이었다. 엄마는 수영을 잘한다. 미아한테 잠영을 가르쳐 준 것도 엄마였다. 그러니까 괜찮다. 엄마는 금방 배 위로 올라올 수 있다. 미아는 같은 말만 주문처럼 되뇌었다.

"다 왔어! 어서!"

아빠가 엄마에게 소리쳤다. 아직 한참은 더 남아 보였다. 미아는 담요 끝을 꼭 잡고 엄마가 조금씩 조금씩 다가오는 걸 바라봤다. 그때 건치 아저씨가 미아 팔을 잡아끌었다.

"미아야, 타자!"

바로 옆에 노란 잠수함이 보였다. 미아는 고개를 저었다. 엄마와 함께 가고 싶었다.

"지금 가야 해. 그래야 얼른 엄마도 타지!"

건치 아저씨 말에 미아는 고개를 끄덕였다. 잠수함 입구 사다리를 타고 내려가며 끝까지 고개를 내밀어 엄마를 찾아봤지만, 배에 가려 보이지 않았다. 조금 뒤 쿠당탕탕, 잠수함 안으로 아빠가 떨어져 내렸다. 놀란 미아는 아빠를 붙잡았다. 여기저기 살갗이 찢어져 피가 났다. 곧 건치 아저씨가 잠수함 뚜껑을 닫았다.

"살 사람은 살아야죠!"

평소답지 않은 매몰찬 목소리였다. 건치 아저씨는 사다리를 다 내려와 미아를 흘끔 보고는 아빠를 획 지나쳐 조종실 쪽으로 들어갔다. 아빠가 벌떡 일어나더니 건치 아저씨를 따라 조종실로 뛰어들어갔다. 우당탕탕, 안쪽에서 밀리고 부딪히는 소리가 났다. 미아는 너무 무서워 두 귀를 막았다.

쑤우욱, 갑자기 잠수함이 앞쪽으로 밀려가는 느낌이 났다. 미아는 중심을 잃고 앞쪽으로 고꾸라지며 잠수함 벽면에 머리를 쿵 박았다. 잠수함이 뱅글뱅글 도는 모양이었다. 천장도 함께 뱅글뱅글 돌았다. 이리로 쿵, 저리로 쿵, 온몸이 잠수함과 함께 휩쓸렸다. 절로 구역질이 나고 온몸이 으슬으슬 떨렸다. 겨우 벽에 등을 붙이고 앉아 있던 미아는 잠수함 천장이 자기를 향해 달려들고 있는 것 같은 착각에 빠졌다. 금방이라도 둥그런 창을 뚫고 바닷물이 쏟아져 들어올 것만 같았다. 가슴이 들썩였다. 숨이 제대로 쉬어지지 않는 기분이었다. 후욱, 후욱! 미아는 숨을 몰아쉬기 시작했다. 온몸에 식은땀이 흘렀다. 그러다 근육들이 굳기 시작했다. 뭔가 이상하다는 생각은 드는데 어떻게 해야 할지 알 수 없었다. 호흡은 자꾸만 거칠어지고 아무리 숨을 쉬어도 가슴이 답답했다. 급기야 손가락이 제멋대로 굽고 얼굴 근육이 일그러지는 게 느껴졌다. 몸이 벽면을 타고 미끄러져 내렸다. 과호흡으로 마비 증상이 나타난 것이다. 미아는 뒤틀리는 제 몸 때문에 더 큰 공포에 휩싸였다. 소리도 제대로 나오지 않고 눈에서는 눈물만 흘러내렸다. 이대로 끝이구나 싶을 때 눈앞에 건치 아저씨 얼굴이 보였다.

"아이구, 미아야!"

놀란 얼굴로 사라졌던 건치 아저씨가 다시 나타나더니 미아의 코와 입 쪽으로 검은 봉지를 갖다 댔다.

"숨 쉬어라, 그냥 쉬어. 후우 내뱉고 마시고. 천천히. 괜찮아. 호흡을 진정시키면 돼, 응? 미아야, 정신 차리고, 응?"

건치 아저씨가 부드럽게 말했다. 미아는 아저씨를 따라 숨을 마시고 내뱉기를 반복했다.

"갑자기 이런 일이 생겨서 그래. 놀라서 그런 거야. 잠수함 타면 더러는 그러는 사람들도 있더라. 갑자기 숨을 못 쉬더라고. 이렇게 하면 금방 괜찮아져. 어서 숨 쉬어라. 천천히."

조금 뒤 온몸으로 찌르르한 기운이 흘렀다. 굳었던 손가락이 풀리고 얼굴 근육이 제자리로 돌아오는 느낌이 들기 시작했다. 하지만 여전히 눈물이 흘렀다. 죽은 것인지 산 것인지, 죽을 것인지 살수 있을 것인지 도무지 알 수 없었다.

"어, 엄마는요?"

미아가 눈물을 뚝뚝 흘리며 물었다. 건치 아저씨가 고개를 떨궜다. 미아는 성난 파도처럼 들썩이는 마음을 진정시키려 애썼다. 분명 괜찮을 거다. 엄마는 자신이 바다에서 태어난 사람이라고 말해 왔으니까, 수영을 정말 정말 잘하는 사람이니까, 분명 괜찮을 거라고 생각했다. 그렇게 믿고 싶었다.

"우선은 잠잠해지길 기다리자. 한차례 쓰나미가 지나간 거 같다. 또 올지도 몰라. 확인 좀 해 보고 올게. 여기서 쉬어라, 응?"

건치 아저씨가 다시 조종실로 들어갔다. 쓰나미 알림 경보기를 확인했는지 조금 뒤 조종실 안쪽에서 건치 아저씨 목소리가 들렸다.

"한번 올라가 보자!"

몸이 후우욱 떠오르는 느낌이 났다. 잠수함이 수면으로 오르고 있었다. 막혔던 귀가 뚫리고 검은 봉지 없이도 자연스럽게 숨을 쉴

162

수 있게 되고 나서 본 건 자그마한 잠수함 출입문 사이로 보이는 어두컴컴한 하늘이었다. 미아는 덜덜 떨리는 마음으로 조종실 쪽을 바라봤다.

"아빠……."

문 옆에 겨우겨우 기대앉은 아빠는 온몸의 힘이 다 풀렸는지 두 다리를 제멋대로 뻗고 고개는 푹 숙인 채로 울고 있었다. 미아는 건치 아저씨 뒤를 따라 잠수함 밖으로 올라갔다. 저만치 앞에 아빠 배가 보였다. 배와 잠수함을 밧줄로 연결해 놓은 덕에 배가 멀리까지 떠내려가는 걸 막았던 모양이다. 저 멀리 불타는 마을이 보였다. 가스관이 터진 거라고 했다. 학교 건물은 흔적도 없이 사라졌고 미아가 살던 3층짜리 빌라 건물도 어디쯤인지 가늠할 수가 없었다.

"다 사라졌어, 다. 땅속으로, 바닷속으로 가라앉았어……."

건치 아저씨가 힘 빠진 목소리로 말했다. 믿어지지 않았다. 어떻게 한순간에 모든 것이 사라져 버릴 수 있는 걸까. 곳곳에서 울음소리가 들리는 것 같았다. 바다 위를 둥둥 떠다니는 덩어리들이 보였다. 온갖 쓰레기, 부서진 배의 파편, 자동차 그리고 움직이지 않는 사람들……. 엄마는 갑판에도, 바다에도 보이지 않았다.

2

처음엔 사람을 구하기 위해 배를 몰았다. 물에 빠져 뭐라도 잡고 버티는 사람들을 건져 올리고 건물 꼭대기에 올라 구조 요청을 기다리는 사람들을 태워 주었다. 보통의 쓰나미라면 바닷물이 다시 빠져나가야 하지만, 이번엔 경우가 달랐다. 육지가 가라앉은 것이다. 도시 전체가 물에 잠겨 다른 도시의 병원으로 이동할 수 있는 수단은 배나 보트밖에 없었다. 바다를 끼고 있는 도시들의 피해가 컸고 내륙 쪽은 그나마 덜하다는 소식에 배를 버리고 안쪽으로 들어갈까 망설인 건 사실이다. 하지만 아빠는 이내 마음을 정했다. 엄마의 시신을 찾기 전까지는 절대로 바다를 떠나지 않겠다고 했다. 미아도 그 말에 동의했다. 어쩌면, 어디엔가, 엄마가 살아 있을지도 모른다고 믿고 싶었으니까. 하지만 다시 지진이 왔고 큰 도시들이 무너져 내렸다는 소식이 속속 들려왔다. 아빠는 언제나 라디오를 켜고 살았는데 하루하루 크고 작은 지진 소식과 사망자 안내가 이어졌다.

정말로 하늘이 무너지고 땅이 꺼져 버린 재난 속에서도 일거리가 생겼다. 아빠는 사람을 실어 나르거나 물건을 나르는 일로 돈을 벌었다. 하지만 돈을 쓸 수 있는 환경이 되지 않았다. 도시의 치안은 무너졌고 종잇조각에 불과한 돈은 그 쓰임을 다했다. 사람들은 가지고 있는 물건과 필요한 물건을 바꾸는 방식으로 삶을 연명했다. 돈이 많았던 사람들이나 돈이 없었던 사람들이나 삶에 대한 애착은 매한가지여서 어떻게든 가진 것을 바꾸어 제 삶에 보탬이 되는 것을 선택해 나갔다.

아빠는 배를 가지고 있는 사람 열둘을 모아 하나의 조직을 만들었다. 어떤 일을 하든 혼자보다는 무리가 나았다. 각지에서 공동체가 생겨났고, 그 방식은 달랐지만 삶을 연장하고자 하는 목적은 같았다. 어떤 날은 폐기된 쓰레기를 배로 실어 나르는 일을 했고 어떤 날은 귀중품을 옮겨 주는 일을 했다. 도시가 무너지며 스마트폰 같은 첨단 기계들은 사용이 더 힘들어졌다. 사람들은 다시 예전의 방식을 찾아 라디오 주파수나 무전기를 활용하기 시작했다. 그러니 털보 아저씨가 무전기를 바다에 빠트린 건 일거리 몇십 개 혹은 몇백 개를 잃게 되었다는 뜻이기도 했다.

치익치익, 아빠의 무전기가 울렸다. 일을 마치고 돌아오는 사람들의 들뜬 목소리가 무전기를 통해 흘러나왔다.

"큰일을 하나 물었어요!"

다음 날, 아빠의 배는 대도시에 있는 박물관으로 갔다. 총 5층 건물이었는데 5층과 옥상을 빼고는 모두 물에 잠겨 있었다.

"보물을 옮겨야 한다더라. 북쪽에 있는 육지로 옮겨 주면 끝이야. 국가 차원의 일이라 보상도 대단하단다."

아빠와 아저씨들이 잠수복을 입기 시작했다. 아빠는 배 위에서 생활한 석 달 동안 다른 배의 주인에게 스쿠버다이빙을 배웠다. 물속에 잠긴 도시에서 일하려면 필요한 작업이었다. 산소통을 매달고 물속으로 들어가기 전 아빠가 손을 흔들었다. 미아는 자꾸만 불안한 마음이 드는 걸 꾹꾹 눌러 참으며 같이 손을 흔들어 대꾸했다. 30분쯤 후, 아빠가 물 밖으로 올라왔다. 담요를 둘러쓰고 바닥에 누워 하늘만 보고 있던 미아는 아빠가 부는 휘파람에 고개를 돌렸다. 다른 아저씨들이 각자의 배로 상자들을 올려놓고 있었다.

"정말 대단했어! 미아, 잠깐 기다려. 아빠가 멋진 거 보여 줄게!"

배 위로 올라온 아빠가 상자를 끌어 올려 미아 앞에 내려놓았다.

"이게 이게, 다 보물이란다. 정말 멋지지?"

목걸이, 왕관, 칼, 팔찌…… 예전 역사책에서 보아 왔던 모양들과 비슷했다. 부서지기라도 할까 봐 만져 볼 엄두는 내지 못했다. 치직치직, 아빠의 무전기에 신호음이 잡혔다.

"형님! 우리 이거, 남서쪽으로 가져갑시다!"

털보 아저씨 목소리였다.

"뭐? 북쪽이었잖아. 그게 무슨 소리야?"

아빠가 조금 당황한 듯 대꾸했다. 미아도 무슨 일인가 싶어 아빠

옆으로 붙어 앉았다.

"나한테 연락이 왔어요. 남서쪽에 있는 돈 많은 이가 우리 물건을 탐낸대요. 거기는 아직 도시가 잘 돌아가나 봅디다. 값을 더 쳐주겠대. 배도 바꿔 준답디다. 거기 배가 많이 있대요."

"아니, 그래도……."

"건치 잠수함도 고칠 수 있을지 몰라요. 아니, 더 좋은 거로 구할지도 모르지. 갑시다, 예?"

갑자기 투닥거리는 소리가 나더니 건치 아저씨 목소리가 들렸다. 고장 난 잠수함을 한곳에 정박해 둔 건치 아저씨는 늘 털보 아저씨와 함께 배를 타고 다녔다.

"아이고, 아니에요! 형님, 그냥 원래대로 갑시다. 아, 털보가 괜히 욕심이 나서 그래요. 갑시다, 어여!"

건치 아저씨 말을 끝으로 일이 정리되는가 싶었는데 더 커져 버렸다. 배의 선장들이 다시 얘기해 보자고 털보 아저씨 배 쪽으로 모여들기 시작한 것이다.

"미아, 잠깐 기다려라."

아빠는 털보 아저씨 배로 옮겨 갔다. 선장들이 그쪽으로 모여들었다. 앉았다 일어났다, 왔다 갔다, 선장들이 불안하게 움직이고 목소리가 커졌다가 작아지기를 반복했다. 미아는 열려 있는 보물 상자와 아빠를 번갈아 바라봤다. 아빠의 표정은 어두워졌다 밝아지기를 반복하다 끝내 굳어졌다. 배로 돌아온 아빠는 보물 상자 뚜껑을 닫았다. 그리고 말없이 조종실로 들어갔다.

"아빠, 어디로 가요?"

아빠는 대답이 없었다. 뱃머리가 오른쪽으로 돌기 시작했다. 해가 떠올랐던 방향을 가늠해 봤을 때 배는 지금 남서쪽을 바라보고 있었다.

"아빠……."

미아가 힘없는 목소리로 아빠를 불렀다. 아빠가 누군가를 속이거나 물건을 빼돌리는 거로 생각하고 싶지 않았지만 모든 일이 그렇게 진행되고 있다는 걸 느낄 수 있었다.

"털보네 부인이 지금 병원에 있단다. 너도 알지? 만삭이었는데 그날 애를 잃었어. 털보도 그 부인도 태어나 보지도 못하고 죽은 애 때문에 맘고생이 이만저만이 아니었지. 털보네 아줌마한테 무슨 병이 생겼다더라. 수술을 해야 하는데 진짜로 돈이 필요한가 봐. 진짜 돈 말이다."

미아는 아무 말도 하지 못했다. 누군가의 생명을 살리는 일과 한 나라의 보물을 뒤로 빼돌리는 일, 어떤 것이 더 중요한 것인지 판단이 되지 않았다. 대지진 이후 사라져 버린 국경, 모두가 난민이 되어 버린 상황에 자신과 가족을 지키는 것보다 더 중요한 게 있을까 싶었다.

'그래도 이건…… 도둑질이야.'

아빠를 말려야겠다는 생각이 들었다. 하지만 곧 또 다른 생각이 꼬리에 꼬리를 물었다. 보물의 진짜 주인은 누구일까. 오래전 이 땅에 살았던 사람들이 사용하던 물건일 뿐인데. 어차피 어딘가에 묻혀 있던 걸 발견하고 모아 둔 것일 뿐이잖아.

생각이 길어지면 길어질수록 기분은 바닷속으로 가라앉았다. 미아는 담요를 두르고 조종실 바로 아래쪽 방으로 들어가 몸을 웅크렸다. 엄마가 있었다면 뭐라고 했을까? 그 생각이 머릿속에서 떠나지 않았다. 삶과 죽음의 경계선에 닿으면 옳은 것과 그른 것도 다 사라지고 마는 걸까?

삐이삐익. 거세게 울리는 경보음에 얼굴을 들어 올렸다. 바다 날씨는 언제나 오락가락했지만 유독 시커먼 하늘을 보니 가슴이 쿵 내려앉았다. 꼭 그날 같았다. 엄마를 바다에 빼앗긴 그날. 미아는 불안한 마음을 안고 방을 나와 갑판에 섰다. 파도가 거셌다. 그런데 저만큼 앞쪽, 바다 한가운데서 붉은 불덩이가 훅, 훅 튀어 올랐다. 바다에서 화산이 폭발한 것이다. 미아는 난생처음 보는 광경에 넋을 잃었다. 갑자기 붉은 불덩이 저 뒤쪽에서 엄청나게 높은 파도가 벽처럼 일어섰다.

"아, 아, 아빠아아아!"

미아가 소리치며 조종실로 달리는 사이 아빠가 조종실에서 나와 미아 쪽으로 내려왔다. 둘은 서로를 꼭 부둥켜안았다. 갑자기 높아진 파도가 배를 치고 지났다. 파도에 흠뻑 젖은 미아는 젖은 머리칼을 쓸어올렸다.

"괜찮니?"

아빠가 물었다. 고개를 끄덕이는데 아빠 뒤에 있던 뭔가가 보이지 않았다.

'보물 상자…….'

이상한 낌새를 눈치챈 아빠가 뒤돌아봤다.

"안 돼!"

아빠는 곧장 바다로 뛰어들었다.

"아빠!"

미아가 소리쳤지만 이미 아빠가 바다로 사라진 뒤였다. 배는 쉴 새 없이 요동치고 파도가 달려들어 미아의 몸을 적셨다. 미아는 아빠가 뛰어내린 곳으로 다가가 배를 붙잡고 바닷속을 들여다봤다. 시커먼 바다가 이리저리 움직이며 혀를 날름거리고 있는 것만 같았다.

'제발 돌아와, 아빠. 제발!'

그때 다시 한번 큰 파도가 배를 치고 지났다. 무언가 손쓸 틈도 없이 배가 뒤집혔다. 풍덩! 미아는 담요를 끌어안은 채로 바다에 빠졌다. 차디찬 바닷물이 온몸을 휘감았다. 미아는 얼른 눈을 떴다. 바닷속에서 부유하는 배들이 보였다. 상자가 부드럽게 아래쪽으로 가라앉고 있었다. 물에 잠긴 도시, 희뿌연 침전물이 이리저리 움직이는 사이로 떨어지던 상자가 한 건물 옥상 모서리에 부딪히고 저만큼 튕겨 나가다 다시 아래쪽으로 가라앉았다. 아빠는 상자가 떨어지는 아래쪽으로 잠영을 하고 있었다. 미아는 아빠를 붙잡기 위해 뒤를 따랐다.

'아빠, 아빠!'

마음속으로 외치고 외쳤다. 팔을 휘젓고 발버둥을 치며 한 번 더 아래쪽으로 내려가려는 순간 후우욱! 바닷물이 미아의 몸을 한쪽으로 쓸어 버렸다. 물살을 이기지 못하고 휩쓸리던 미아는 한 건물 외벽에 막혀 잠깐 멈칫했다가 다시 물살에 이끌려 아래쪽으로 곤두박질쳤다. 그때 무언가 번쩍, 미아 눈앞에서 빛을 내뿜었다.

'미아야, 거울 찾으러 갈까?'

문득 엄마 목소리가 떠올랐다. 엄마는 언제나 바닷속에서 빛나는 거울을 찾아야 한다고 말했다. 번쩍이는 거울이 모든 것의 시작이자 끝이라고 말했다. 미아는 무엇에 홀린 듯 빛나는 물건을 향해 손을 뻗었고 거울에 손이 닿았다. 그 순간 아주 빠르고 강한 물살이 미아의 등을 떠밀었다. 너무 순식간에 일어난 일이어서 미처 무엇을 잡고 버틸 생각도 하지 못했다. 미아는 세상에서 가장 빠른 쓰나미처럼 물결에 휩쓸려 어디론가 날아갔다. 언뜻 눈앞에 사람의 얼굴이 스친 것 같았지만 진짜인지 아닌지 분간할 수 없었다. 정신을 차리고 눈을 떴을 때, 주변은 온통 검은 어둠뿐이었다. 숨이 쉬어졌다. 이상했다. 왜 숨이 쉬어질까? 분명 바닷속이었는데.

미아는 자리에서 일어났다. 몸이 이상하게 움직였다. 무언가 자기 몸을 감싸고 있다고 생각했다. 눈이 어둠에 조금 익숙해지자 제 몸을 감싸고 있는 두꺼운 옷이 보였다.

'잠수복인가?'

여기저기를 더듬거렸다. 느낌이 달랐다. 물기는 전혀 느껴지지 않았다. 손끝까지 감싸여 있는 옷이라 그렇게 느껴질지도 모른다고 생각했다. 얼굴을 더듬거렸다. 둥그런 막이 씌워져 있었다. 저 앞쪽, 가로로 길게 그어진 틈새로 언뜻언뜻 빛이 새어 들어왔다. 조금씩 흔들리는 느낌, 꼭 자동차를 타고 갈 때처럼 온몸으로 진동이 전해졌다. 밖을 내다보려고 자리에서 일어섰다. 천장이 꽤 높은지 머리 위에 공간이 한참 남은 느낌이었다. 앞으로 한 걸음 걸어 나가려는데 툭, 발끝에 무언가 닿았다. 흠칫 놀란 미아는 그 자리에 굳어 버렸다. 뭘까. 덜덜 떨리는 마음을 애써 누르며 고개를 아래로 내렸다.

'사람인가?'

분명 사람처럼 보이는 형상이었다. 미아는 몸을 조금 숙여 바닥에 죽은 듯이 누워 있는 사람을 차근차근 살펴봤다. 어둠 속이라 자세히 보이지는 않았지만, 덩치나 얼굴 느낌이 남자 같았다. 찌잉, 머리가 아팠다. 바닷속에서 봤던 마지막 얼굴이 어렴풋이 떠올랐다. 그 사람 같기도 하고 아닌 것 같기도 하고. 조금 더 자세히 보려는데 움찔, 바닥에 누운 사람이 움직였다. 미아는 살금살금 뒤로 걸어 자리에 앉았다. 어둠 속에 몸을 피하고 무릎 사이로 얼굴을 파묻었다. 담요라도 있으면 좋을 텐데. 이 모든 게 꿈이라면 좋을 텐데.

부스럭거리는 소리에 흠칫 놀라 고개를 들었다. 환한 불빛이 두 눈을 쏘아 댔다. 인상이 저절로 찌푸려졌다. 남자가 무어라 말을 했다. 알아들을 수 없었다. 외국인인가? 혹시, 아빠를 잡으러 온 사람일까? 그제야 미아는 아빠가 한 나라의 보물을 빼돌리려 했다는데 생각이 닿았다. 그랬구나, 어디론가 잡혀가는 거였어!

"아빠만 잘못한 건 아니에요. 털보 아저씨네 아줌마가 많이 아프대요. 병원비가 필요하댔어요. 우리 아빠는요? 아빠는 어디 계세요? 아빠도 반성하고 계실 거예요. 그러니까…… 갑자기 쓰나미가

왔어요. 배가 뒤집혔어요. 무조건 잘못했어요, 그러니까 우리 아빠 좀 만나게 해 주세요!"

미아는 이 말 저 말 생각나는 대로 내뱉다 결국 울음을 터트리고 말았다. 남자가 다가와 후우, 후우, 숨을 내뱉는 흉내를 냈다. 건치 아저씨 생각이 났다. 아저씨들은 어떻게 되었을까. 도대체 어디로 가는 걸까. 여긴 어디일까. 머릿속에도 쓰나미가 이는 것만 같았다.

3

미아는 눈앞에 서 있는 사람들을 바라보며 다시 꿈을 꾸고 있는 걸까 생각했다. 흐릿하던 시야가 맑아지고 초점이 또렷해지며 제일 먼저 눈에 들어온 사람은 진이었다. 그 옆엔 자기한테 총구를 겨누던 언니가 금방이라도 울 것 같은 얼굴로 서 있었다. 나쁜 사람이라고 느껴지지는 않았다. 자신을 구하려 노력하던 모습을 잊을 수 없었다. 그 뒤엔 머리가 긴, 웬 아저씨가 서 있었다. 정신없이 땍땍거리며 손뼉을 쳐 대던 사람이 보이지 않는 것만도 다행이긴 했지만, 미아로서는 저 세 사람이 왜 자기 앞에 있는 건지 도무지 이해할 수가 없었다.

정신을 차리고 일어서려는데 진이 한 걸음 앞으로 나서며 뭐라고 말했다. 손에는 자그마한 무전기 같은 게 들려 있었는데 진의 말이 끝나자마자 여러 언어가 차례로 나왔다. 세 번째로 나온 말을 알아들은 미아는 고개를 끄덕였다. 진과 하늬는 얼른 언어 해독기 화면에 세 번째 언어와의 통역 버튼을 눌렀다.

"안녕? 괜찮니? 나는 하늬야. 널 데리러 왔어. 집에 보내 줄게."

"집…… 집이요?"

하늬가 고개를 끄덕이다 말고 눈물을 훔쳤다. 미아는 그 모습에 조금 당황했다. 지금 울어야 할 사람은 앞에 서 있는 사람이 아니라 자신이었다. 그런데 이상하게도 눈물이 나오지 않았다. 집에 갈 수 있다는 게 기뻤지만, 한편으로는 슬펐다. 미아는 자신에게 집이 없다고 여겼다. 집은 이미 석 달 전에 사라졌다. 배는 결코 집을 대신할 수 없었다. 안락하지도, 편안하지도 않았으니까. 그럼에도 집으로 돌아갈 수 있다는 말은 무언가 희망처럼 느껴졌다. 아빠도 돌아가게 되었을까? 미아 머릿속엔 바다에서 마지막으로 봤던 아빠의 뒷모습이 가득했다.

"우리 아빠도 집으로 가요? 벌 안 받고요?"

이번엔 진이 대답했다.

"벌을 받는다는 게 무슨 말인지 잘 모르겠어. 아빠도 잘 모르겠고. 우리가 발견한 건 너뿐이라서."

발견…… 이라고 했다. 분명히 그렇게 들었다. 미아는 그 말을 들음과 동시에 어쩌면 이곳에 보물을 훔친 일로 자신이 잡혀 온 것이 아닐 수도 있겠다는 생각이 들었다. 그렇다면 아빠는? 아빠는 아직 그 바다에 있다는 뜻일까?

하늬와 진이 동시에 미아에게 손을 뻗었다. 미아는 하늬와 진을 번갈아 바라봤다. 그리고 양팔을 둘에게 뻗었다. 단번에 몸이 훅 딸려 나왔다. 보에데오가 다가와 미아에게 손을 내밀었다.

"반갑다, 화성에 온 걸 환영해요."

"화성이요?"

미아가 놀라서 묻자 하늬는 조금 난감한 얼굴로 진과 미아의 얼굴을 바라봤다. 진이 고개를 끄덕였다. 하늬는 한쪽 무릎을 꿇고 미아의 눈높이에 자신의 눈길을 맞췄다. 지구와 화성의 거리만큼 멀어져 버린 이야기가 이어졌다.

미아는 언어 해독기에서 나오는 말을 들으며 하늬의 눈에서 눈을 떼지 않았다. 언어 해독기를 통해 흘러나오는 말이 잘못 번역된 것이 아니라면, 하늬의 눈이 거짓말을 하는 게 아니라면, 지금 미아는 화성에 있는 것이다. 어째서지? 미아가 알기로는 미아가 한 살일 때 이미 화성 이주는 모두 끝난 상태였다. 4차 이주민을 모집한다는 공고가 나올 거라는 소문이 해마다 돌았지만 실제로 일어나지는 않았다. 세계 곳곳에서 잦아지는 지진, 약을 구할 수 없는 바이러스의 대유행 같은 것들 때문이었는지 사람들은 화성에서의 삶에 대해 이야기 나누는 일이 많아졌다. 대부분은 신세 한탄이 되어 버리고 마는 것들이어서 나중에는 조금 지겨워질 정도였다. 그런데 화성에 사는 보물 사냥꾼들이 지구에 왔다가 자신을 발견했다니. 보물 사냥꾼에 대해 지구인들은 왜 몰랐을까, 그전에도 그렇게 지구에 다녀갔던 것일까 궁금했다. 어쩌면 세상일을 아는 게 힘들어진 환경

탓에 모르고 지냈던 것일 수 있다. 언제 어느 때이건 원하기만 하면 지구 반대편 소식까지 알 수 있던 세상은 이미 사라져 버렸으니까. 의문투성이인 이야기 중에도 확실한 것이라면 이것 한 가지였다.

"나, 집에 가고 싶어요."

더 정확히는 아빠와 함께 타고 다니던 배였지만 그렇게 긴 설명을 덧붙일 정신은 없었다. 아빠가 이곳에 없다는 걸 알았고 자신이 화성으로 오는 우주선을 탔던 것이니 이제 남은 건 돌아가는 것뿐이었다.

"그래, 이제 갈 거야. 우리가 데려가 줄게."

미아는 고개를 끄덕였다. 하늬가 몸을 일으켜 진을 돌아봤다.

"진, 지금 바로 가면 되는 거지?"

"출항 신청서는 미리 보내 놨어. 일단 여기서 나가자. 다른 건 터미널 가는 동안 생각하자고."

진은 미아의 손을 잡고 방을 나섰다. 하늬와 보에데오가 그 뒤를 따랐다.

실내 엘리베이터를 타고 1층으로 내려왔다. 왠지 모르게 서늘한 느낌이 감돌았다. 미아는 저도 모르게 몸을 부르르 떨었다. 손을 잡고 있던 진이 미아를 내려다봤다.

"왜, 추워?"

미아는 고개를 저었다. 춥다는 것으로는 표현하기 힘든 기분이었다. 진이 미아의 손을 살짝 들어 올려 보호복 미니 스크린을 바라봤다. 이것저것을 틱틱, 눌러 보기도 했다.

"온도 정상인데. 산소량도 아직 괜찮아. 곧 밖으로 나갈 거니까 헬멧 씌워 줄게."

진이 스크린을 보며 헬멧 모양이 그려진 버튼을 콕 눌렀다. 로비는 텅 비어 있었다. 유주를 기다려야 하는 것 아니냐는 하늬의 질문에 진은 고개를 저었다.

"믿어 주는 건 이만큼이면 됐어."

진은 곧장 외부로 나가는 엘리베이터 버튼을 눌렀고 하늬와 보에데오는 그 뒤를 따랐다. 엘리베이터 안으로 들어서자 하늬가 진 가까이 다가와 섰다. 진이 돌아봤다.

"CCTV 있잖아."

"응."

진은 남은 한 손으로 하늬의 손을 끌어와 꼭 잡았다. 지상 1층, 엘리베이터 문이 열렸다.

"하늬, 무슨 일 생기면 바로 연락해야 한다."

하늬는 보에데오를 보며 고개를 끄덕였다.

"또 봬요!"

보에데오가 가슴 앞으로 손을 들어 살짝 흔들었다. 하늬는 자리를 옮겨 미아의 한쪽 손을 잡았다. 그리고 셋은 주차구역으로 달렸다.

저녁 시간이 되니 놀러 나가는 아이들이 있는 모양이었다. 자가 비행선 한 무리가 이제 막 주차구역 위로 솟아오르며 쿵쾅쿵쾅 음악 소리를 높였다. 먼지가 일지 않았다. 3세대 아파트 단지는 지상 주차구역까지 깔끔하게 도로포장이 되어 있었다. 하늬는 쓸쓸하게 웃고 말았다. 누구를 탓할 수 있는 문제가 아니니까. 이 모든 건 그들의 부모가 3세대 단지로 들어올 때 이미 낸 값이니까. 굳이 따지자면 저 아이들이 생각 없이 돔 지역을 돌아다니며 공기를 조금 더 더럽히는 일이 그 부모가 제대로 교육하지 못한 탓이라는 정도. 겪어 본 적 없으니 자신들의 재미있는 놀이가 누군가에게는 삶의 질을 결정하는 중요한 부분일 수도 있다는 것에 대해 아무런 경각심이 없다는 것 정도.

"어서 타!"

진이 자가 비행선 문을 열었다. 미아를 뒷자리로 보내고 하늬는 조수석에 앉았다.

미아는 얼떨떨한 기분으로 뒷좌석에 앉아 곳곳에서 솟아오르고 있는 자가 비행선들을 바라봤다. 지구 대지진 전에도 자가 비행선이 운행되는 걸 본 적은 있지만 그건 모두 유명 정치가나 연예인, 스포츠 스타 들만 타고 다니는 물건이었다. 비행선 택시가 곧 출시될 거라는 광고가 나오고 얼마 뒤 대지진이 왔으니 보통 사람들은 타 보지 못했다.

"화성 우주 터미널로 갈 거야. 거기서 우주선을 타면 지구로 가는 거야. 알았지?"

미아는 백미러로 자신을 바라보는 진과 눈이 마주쳤다. 진이 싱긋 웃었다. 미아는 고개를 끄덕였다.

자가 비행선이 공중으로 떠오르고 액셀을 밟은 지 30초도 지나지 않았을 때, 갑자기 뒤쪽으로 검은색 자가 비행선 세 대가 따라붙었다. 애애애앵, 애애앵, 사이렌이 거칠게 울렸고 검은 자가 비행선 앞 유리를 뚫고 나온 붉은색 X 자 레이저 글자가 공중에 둥둥 떠다녔다.

"뭐야? X기동대가 우릴 왜 따라와? 저거 특수부 소속이지? 우리 지금 멈춰야 해?"

하늬의 다급한 질문에도 진은 멈추지 않았다.

"지금 멈추면 다 끝이야. 뭔진 몰라도 그냥 가자!"

진은 더욱 세게 액셀을 밟았다. 자가 비행선 앞 유리에 경고 문구가 떴다. 안내 음성도 흘러나왔다.

"멈추십시오. 화성 연합 특수부의 특별 수사 요청입니다. 지금 당장 자가 비행선의 운행을 멈추고 X기동대의 안내를 따르십시오."

"몰라, 그런 거 모른다고!"

진은 소리를 빽 지르며 속도를 높였다. 검게 물들기 시작한 화성의 붉은 대지가 휙휙 지나갔다.

미아는 의자 깊숙이 등을 붙이고 두 무릎을 세워 꼭 끌어안았다. 담요, 담요가 필요했다. 울고 싶지 않은데 자꾸만 가슴속이 눈물로 요동쳤다. 이대로 조금만 더 있다간 숨도 못 쉴 것 같았다. 그때 하늬가 손을 뻗어 미아의 손을 꼭 잡았다. 몸을 돌려 운전석과 조수석 사이로 비집고 들어간 하늬는 곧 뒷자리로 넘어갔다. 그리고 미아의 몸을 가능한 만큼 꼭 끌어안았다.

"걱정하지 마. 집에 갈 수 있어. 갈 수 있을 거야."

애애애앵, 애애앵!

끝도 없이 사이렌이 울렸다.

4

지평선을 따라 우주 터미널 외벽이 번쩍이고 있었다. 하늬는 부들부들 떨고 있는 미아를 안고 운전석 내부 스크린을 통해 뒤쪽에서 따라오고 있는 기동대를 바라봤다. 유주가 연락한 것이 틀림없다고 생각했다. 도대체 유주가 원한 건 무엇이었을까. 아이를 내어주기까지 했으면서 다시 기동대에 연락해 잡아들이려는 건 무슨 심보인 건지 도무지 이해되지 않았다.

진이 뒷자리로 자그마한 모니터를 툭 던졌다.

"하늬, 빨리 탐사원 홈피 들어가서 꼬마랑 비슷하게 생긴 애 있는지 봐 줘."

"왜?"

"조수로 등록하게. 얼른. 이름이랑 생년월일 살피고."

"될까? 홍채 인식 걸릴 텐데."

"지금 바꿔. 나중에 다시 돌려놓으면 돼."

"뭐? 어떻게?"

"홈피 총관리자 비번을 알아. 예전에 유주 누나한테 부탁해서 알아냈던 거야. 빨리!"

진이 통신 버튼을 눌러 누군가와 통화를 하기 시작했다. 하늬는 조금 당황했지만 이것저것 따질 형편이 아니었다. 지금 급한 건 일단 아이를 무사히 지구로 돌려보내는 일이라 생각했다. 하늬는 미아에게 둘렀던 팔을 빼내 진이 준 모니터를 들여다보기 시작했다. 이리저리 자가 비행선이 흔들리는 동안 하늬의 눈동자는 미아와 조금이라도 더 비슷한 아이를 찾기 위해 정신없이 흔들렸다.

"여기! 제일 비슷해 보여."

하늬는 모니터 캠으로 미아의 눈을 찍은 뒤 진에게 비밀번호를 물었다. 너무나 쉽게 교육생의 정보가 바뀌었다. 조금 뒤, X기동대 뒤로 여러 대의 자가 비행선이 따라붙었다.

"진, 저 뒤에 뭐야?"

"친구들 좀 불렀어. 기동대 따돌리는 데 이만한 게 없지."

앵앵대는 사이렌 소리와 쿵쿵대는 음악 소리가 대지로 흩어졌다. 돔 지역 창공 위를 가로지를 때 미세먼지 알림 경보까지 울어 대 온 세상이 전쟁통 같았다. 진은 기동대를 따돌리고 터미널 안으로만 들어간다면 해 볼 만한 일이라고 생각했다. 보물 사냥꾼들은 연합 정부 지정 특수직에 속했고 신고서만 미리 작성되어 있다면 출항 허가까지는 긴 시간이 필요하지 않았다.

"걱정하지 마. 다 잘될 거야."

진이 뒤돌아 윙크했다.

"진! 앞에!"

하늬가 소리쳤다. 큰 돌산을 하나 넘자마자 기동대 비행선 두 대가 양쪽에서 달려드는 게 보였다. 다른 곳에서 협조 요청을 받고 온게 틀림없었다. 흠칫 놀란 진은 얼른 방향을 꺾었다. 터미널 방향이 아니었다. 어쩔 수 없었다. 지금은 기동대를 따돌려야 했다. 고도를 조금 더 높인 진은 터보 엔진을 켜고 곡선을 그으며 날다 다시 방향을 바꿨다. 돔 지역을 조금 벗어난 곳이었다. 진이 통신 버튼을 누르고 소리쳤다.

"애들아, 지금이야!"

파바박, 팍팍! 기동대 비행선을 뒤따르던 자가 비행선들 위로 불꽃놀이가 시작되었다. 진의 친구들은 비행선 트렁크를 열어 마구잡이로 불꽃을 쏘아 올렸다. 모두 불법으로 자동차를 개조해 만든 자동 불꽃놀이 장치였다. 허가를 받지 않은 지상 불꽃놀이는 엄연한 금지 사항이었다. 기동대가 그걸 발견하고도 가만히 있는 것 역시 금지 사항이었다. 기동대 비행선 몇 대가 진의 친구들을 뒤쫓기 시작했다. 만약 잡힌다 해도 큰일이 생기지는 않을 것이다. 늘 그래왔으니까. 이른바 화성 최고 권력가의 자제들이기에 가능한 일들이었다. 법을 지키지 않는 일쯤, 그 아이들에겐 그저 우스개 장난질일 뿐이었다. 아, 물론 이번엔 경우가 조금 달랐다. 한 아이의 생명을 살리는 일이라는 말에 진의 친구들은 지금 저지르는 불법에 약간의 의미를 부여했다. 자신들에겐 재밌는 놀이, 남에겐 귀한 생명을 구하는 기회, 일거양득으로 이만한 일은 없을 거라며 신나 했다. 진은 어떤 순간엔 모든 걸 단순하게 받아들이는 그 아이들이 부럽기도 했다. 세상을 깊게 바라보지 않아 그저 즐거울 수 있는 그 사고방식 말이다. 어쨌든 지금 이 순간, 진은 한동안 우정을 나누었던 그 친구들이 무척이나 고맙고 하루 전까지 그 아이들을 한심하게 생각했던 자신을 반성했다.

친구들의 자가 비행선은 사방으로 흩어지며 불꽃을 쏘아 댔다. 여기서 파방, 저기서 파바박! 기동대 비행선들은 흩어질 수밖에 없었다. 더러 놀란 돔 지역 사람들이 바깥으로 나와 공중에서 벌어지고 있는 기막힌 추격전을 구경했다. 더없이 아름다운 불꽃들이 쉴 새 없이 퍽퍽 터지고 그 연기가 자욱하게 깔리는 아래로 쿵쾅대는 음악 소리가 뒤엎고, 기동대 비행선에선 끊임없이 사이렌이 울리는, 놀랍고도 어이없는 장면이었다.

"자, 이제 내려간다!"

진은 갑자기 고도를 낮춰 불꽃놀이가 남긴 연기 속으로 파고들었다. 속도는 줄이지 않았다. 희뿌옇게 가려진 시야 속에서 오직 내비게이션의 3D 스캔 화면만 믿고 운전을 하는 중이었다. 우주선을 몰아 보지 않은 사람이라면 겁이 나서 엄두도 내지 못할 운전 방식이었다. 조금 뒤 붉은 대지가 몇 미터 아래로 내려다보였다. 더는 진의 자가 비행선을 감춰 줄 연기는 존재하지 않았다. 잠시 주춤했던 기동대 비행선 두 대가 진 쪽으로 달려들기 시작했다. 진은 속도를 늦추지 않고 터미널 쪽으로 곧장 날기 시작했다. 지표면으로 최대한 낮게 붙어 붉은 흙먼지가 터보 엔진 뒤꽁무니를 타고 뱅글뱅글 돌아다니게 했다. 잠깐이나마 그들의 시야를 불편하게 만들어야 했다. 단 몇 초라도 시간을 벌어야 하니까.

드디어 화성 우주 터미널 입구가 보이기 시작했다.

"하늬, 준비해. 곧장 뛰어 들어가야 해!"

"알았어!"

진은 중앙 입구 바로 앞에 자가 비행선을 멈췄다. 주차장까지 가기엔 마음에 여유가 없었다. 진은 운전석에서 내리자마자 뒷자리 문을 열고 미아의 손을 잡아끌었다. 미아가 고꾸라질 뻔한 걸 진이 안아 올렸다. 둘은 눈길을 마주친 뒤 약속이나 한 듯 손을 잡고 달리기 시작했다. 드넓은 터미널 로비 가운데, 출항 검색대로 뛰어가던 진은 터미널 전광판을 보고 우뚝 멈춰 섰다.

"왜 그래?"

하늬가 다가섰다. 진의 눈길이 머문 곳에 긴급 뉴스 화면이 흘러갔다.

드림워터 대표이사, 급성 심정지 위기 넘겨
지금 화성 중앙 병원 중환자실에서 치료 중

화면 가득 진의 아버지가 구급 간이침대에 실려 가는 화면이 나왔다. 그리고 그 뒤를 맹렬히 뛰어가는 여성의 모습이 잡혔다. 분명 유주였다.

"먼저 가."

진은 손에 꼭 쥐고 있던 미아의 손을 하늬에게 넘겨주었다.

"뒤따라갈게. 꼭. 어서 가, 어서!"

하늬는 불안감을 들키지 않기 위해 진의 눈을 바로 보지 않았다. 어쩐지 혼자 가는 건 겁이 났다. 그래도 지금 진에게 도와 달라고 말할 수는 없었다. 시작이 자신이었으니 끝도 자신인 건 어쩌면 당연한 일이라고 마음을 다잡았다.

"연락해. 기다릴게."

하늬는 미아의 손을 잡고 검색대로 달렸다.

진은 이제 막 입구로 들어서는 X기동대 AI 요원들을 보자마자 얼른 몸을 피했다. 눈만 마주치지 않는다면 공항을 오가는 많은 사람 중에 자신을 알아볼 확률은 높지 않았다. 최신식 보호복을 입은 사람은 진 혼자만이 아니었으니까. 진은 혹시라도 마주칠 AI 요원들이 홍채 인식을 할 수 없도록 고개는 되도록 숙이고 바닥을 바라보며 입구 쪽으로 걸었다. 그리고 아버지에게 전화를 걸었다. 연결되지 않았다. 출입문 앞에 자가 비행선이 세워진 게 보였다. 터미널 주차 담당자가 자가 비행선 가까이 다가서고 있었다. 진은 얼른 문밖으로 나와 주차 담당자 팔을 붙들고 그의 손에 전자 화폐 칩을 쥐여 주었다. 주차 담당자는 "앞으로 주의하세요." 한마디만 하고는 아무 일 없던 듯 제 갈 길로 갔다. 진은 자가 비행선에 오르며 조금 전 불꽃놀이에 가담했던 친구 중 한 명에게 전화를 걸었다. 무슨 상황인지 알아보고 싶었다.

"나야, 진. 괜찮아?"

"후우! 완전 신나던걸! 난 우리 아지트 도착. 넌 어디야? 생명은 잘 구했고?"

"아직 안전한 건 아니고. 어쨌든 고맙다. 근데 혹시 우리 아버지 무슨 일인지 알아봐 줄 수 있어?"

"왜, 아버지 무슨 일 있어? 잠깐…… 야! 이거 뭐냐?"

"왜?"

"너…… 지구인을 데려왔었어? 우리가 살린다는 게 그 지구인이야?"

"무슨 말이야?"

"지금 난리 났는데. 아무 데나 다 나와. 긴급 속보야. 화성 전체에 경보령 내려졌다고!"

진은 다시 자가 비행선 밖으로 나와 투명 유리문 너머로 터미널 로비 대형 스크린을 바라봤다. 뉴스 화면에 진과 하늬의 얼굴이 대문짝만 하게 나오고 있었다. 탐사원들과 지구인을 급히 찾는다는 문구와 함께. 지금 화성엔 바이러스 경보령이 내려졌다. 지구에 살던 사람이 화성에 발을 디뎠으며, 몇백 가지가 넘는 바이러스를 품고 있으니 주의해야 한다는 내용이었다. 그러면서 몇 년 전 지구에서 가져온 식물로 열두 명이 사망한 사건을 함께 보도했다. 지구인은 어린 여성이며 화성어를 하나도 알아들을 수 없다고 했다. 보호복까지 입고 있어 겉모습으로는 화성인과 전혀 구분할 수 없으니

이 정보를 보는 모든 화성인은 즉각 눈에 보이는 AI 요원들에게 다가가 신원 확인을 받고 집으로 돌아가 적절한 지시 사항이 있을 때까지 집 밖으로 나오지 말아 달라는 당부를 곁들였다. 이 모든 일은 화성인들의 안전을 위한 조치라는 설명과 함께. 연이어 이 시간부터 모든 출항을 금지한다는 안내 문구가 떴다. 터미널 안이 아수라장이 되었다. 한쪽에 몰려 있던 관광객들이 우르르 떼 지어 이동하며 AI 요원을 붙들었고 서로 자기가 먼저라는 듯 몸싸움을 했다. 당황한 진이 고개를 돌리는 순간, AI 요원과 눈이 마주쳤다.

5

진은 얼른 뒤로 돌았다.

'이제 어쩌지?'

입술이 바짝 마르고 가슴이 쿵쿵 뛰는데 머릿속은 텅 비어 버렸다. 멍하게 서 있는 진을 밀치며 사람들이 터미널에서 쏟아져 나왔다. 욕하는 소리, 윽박지르는 소리가 함께 들렸다. 자기 부상 버스를 타기 위해 뛰어가는 사람들, 자가 비행선 주차장으로 달리는 사람들, 모두가 못 볼 것을 본 양 고개를 흔들며 욕을 해 댔다. 진은 얼른 정신을 차리고 자가 비행선에 올라 시동을 걸었다. 진의 자가 비행선이 공중으로 떠오르자마자 터미널 중앙 입구 문이 열리며 AI 요원들이 나타났다. 돌덩이로 만들었다고 해도 믿을 만큼 단단해 보이는 AI 요원들이 주변 사람들에게 팔을 뻗어 가까이 다가오지 못하게 막고는 안쪽에 있는 누군가를 보호하며 앞쪽으로 쭉쭉 걸어

나갔다. 아니길 바랐지만, AI 요원들에게 둘러싸인 건 역시 하늬와 아이였다.

진은 여기저기 떠오르는 자가 비행선들을 피해 하늬의 얼굴을 볼 수 있는 쪽으로 자가 비행선을 몰았다. 자가 비행선 주차장 제일 앞쪽에 '화성 연합 특수부'라는 글자가 큼지막하게 쓰인 자기 부상 버스가 보였다. 버스 쪽으로 걷던 하늬가 별안간 고개를 들어 진이 타고 있는 자가 비행선 쪽을 바라봤다. 우주 터미널 곳곳이 밝아 다행이었다. 하늬의 표정이 보이는 듯했다.

"하늬!"

진은 하늬가 자기 목소리를 들을 수 없다는 걸 알면서도 저도 모르게 소리치고 말았다. 하늬의 눈빛이 흔들렸다. 두려움인지 후회인지는 알아챌 수 없었다. 한 가지 분명한 건 하늬가 지금 필요로 하는 사람은 오직 자신뿐이라는 사실이었다. 진은 입 모양을 크게 크게 만들었다.

"곧, 갈게, 기다려! 기다려, 하늬!"

하늬가 고개를 끄덕였다. 분명 그렇게 보였다. 진은 얼른 자가 비행선의 머리를 3세대 아파트 단지 쪽으로 돌렸다. 그곳에 중앙 병원이 있었다. 가는 동안 여러 생각이 떠올랐다가 사라졌다. 중환자실에 있을 정도라면 아버지의 건강이 위독하다는 뜻이다. 어쩌면 진이 병원에 도착하기 전 숨을 거둘지도 모른다. 두려움이 엄습했다. 첫째는 아버지를 잃게 되는 것에 대한 두려움이었고, 둘째는 아버지와 함께 잃어버리게 될 희망에 대한 두려움이었다. 지금 자신과 하니, 지구의 아이를 구할 수 있는 사람은 아버지뿐인 것처럼 여겨졌다.

"진, 어디니?"

유주 목소리에 정신이 번쩍 났다.

"뉴스 봤니? 아버지가 기다리셔."

유주의 목소리는 담담해서 더 슬프게 들렸다.

"지금 가고 있어요."

"그래, 방송사 쪽이랑은 얘기가 잘 끝났어. 네 사진이 돌아다니는 일 없을 거야. 특수부 쪽이랑도 얘기했어. 아마도 경매장으로 아이를 데려왔던 그치가 신고를 한 것 같아. 쫓길 걱정 같은 건 하지 않아도 돼. 아버지가 보증자가 되어 주시기로 했으니까."

어쩐지, 진은 자신과 AI 요원의 눈이 마주쳤는데도 따라붙지 않아 이상하다고 생각하던 참이었다.

"아버지는 괜찮으세요?"

"아직 의사소통엔 아무 문제 없으셔."

유주의 대답은 다른 것엔 문제가 있다는 뜻이기도 했다. 문제가 더 생길 수도 있다는 뜻도 되었다. 진은 침착함을 잃지 않으려 애썼다. 한번 감정이 흔들리면 걷잡을 수 없이 무너져 내릴 것만 같았다. 병원 입구에 도착한 진은 호흡을 가다듬고 지하로 내려가는 엘리베이터 버튼을 눌렀다.

화성 연합 특수부 버스 안은 적막 그 자체였다. AI 요원들은 아무엇도 묻지 않았다. 하늬는 미아가 자신의 품에 기댈 수 있도록 몸을 조금 틀어 한쪽 팔로 미아의 어깨를 감싸 안았다.

"조금 쉬어."

창밖 너머로 흙먼지가 일었다. 붉은 먼지는 차창을 때리고 또 어딘가로 금세 흩어졌다. 터미널을 나오면서 사람들이 내뱉던 말이 머릿속을 스쳤다.

"어디서 저런 병균 덩어릴 데려와?"

"누구야, 누가 바이러스야?"

"저런 것들한텐 보호복도 아까워……."

억울한 핀잔이 내내 이어졌다. 터미널 내부 곳곳, 스크린이 설치된 곳이라면 어디에나 하늬의 얼굴과 '바이러스'라는 글자가 함께 나타났다. 미아가 화성어를 몰라 그나마 다행이라고 생각했다. 한순간 지구에서 화성으로 온 것도 모자라 자신이 바이러스 취급을 받고 있다는 걸 알게 되면 그 상심이 얼마나 클지, 상상만으로도 괴로웠다. 모든 것이 자신의 탓처럼 느껴졌다. 하지만 시간을 되돌려 그 바다에 다시 간다고 해도, 그 바다에서 정체 모를 아이를 발견한다면 그대로 두고 올 수 없었을 것이다. 하늬는 더는 후회하지 않기로 다짐했다. 지금 생각해야 할 것은 지난 시간을 후회하는 게 아니라 앞으로 다가올 시간을 지혜롭게 헤쳐 나가는 것뿐이었으니까.

버스에서 내린 곳은 3세대 아파트 단지 끝 쪽에 세워진 의회 건물 앞이었다. 화성 이주 초창기 지상에 있던 의회는 2세대 주택 단지 공공시설 건물로 옮겼다가 3세대 아파트 단지가 들어서면서 바로 옆쪽으로 옮겨 왔다. 3세대 공공시설 건물 역시 지하 아파트 형식으로 만들었는데 20층짜리 지하 건물 5개 동에 중앙 병원, 사설 병원, 방송국, 의회, 행정부, 법원 등이 나뉘어 자리하고 있었다.

의회 건물 입구 앞에 선 하늬는 대각선 뒤쪽으로 보이는 중앙 병원 간판을 보고 잠시 멍해졌다. 진의 아버지가 저곳에 있다. 진도 아버지에게 갔겠지. 진은 괜찮은 걸까. 어느새 옆으로 다가선 미아가 하늬의 손을 꽉 잡았다. 모든 게 괜찮을 거라고 말해 주고 있는 것만 같았다. AI 요원이 하늬의 등을 툭 밀었다. 주춤했지만 곧 하늬는 고개를 빳빳하게 들고 AI 요원이 이끄는 대로 1층 경비 센터를 지나 지하로 내려가는 엘리베이터에 앞에 섰다. 이렇게 지하로 내려가고 나면 지상과 연결되어 있던 모든 것이 끊어지고 말 것만 같았다. 하늬는 눈을 돌려 주변을 둘러봤다. 그다지 좋아하지 않았던 풍경임에도 끝없이 펼쳐진 붉은 대지가 어쩌면, 아주 조금은 그리워질지도 모르겠다고 생각했다.

지하 20층, 법원이라는 팻말이 보이는 곳에 내렸다. 엘리베이터 문이 열리자마자 곧게 직선으로 뻗어 있는 복도가 보였는데 양옆으로 크고 작은 방문이 다닥다닥 붙어 있었다. 하늬와 미아는 AI 요원의 지시에 따라 210호로 들어갔다. 벽면에 커다란 스크린이 있고 그 앞으로 작은 테이블과 의자 네 개가 마련되어 있었다. AI 요원들은 방에 하늬와 미아를 남겨두고 떠났다. 혹시나 해서 문고리를 잡아 봤다. 덜커덕, 걸렸다. 열어 둘 리가 없었건만, 바보 같은 짓이었다고 후회했다. 하늬는 스크린과 마주 보는 의자에 앉고 그 옆으로 의자를 빼내 미아에게 앉으라 했다.

"여기가 어디예요? 우리 이제 어떻게 돼요?"

조용조용하게 미아가 물었다. 하늬는 아무런 대답도 하지 못했다. 자신도 그 답을 몰랐으니까.

"보물 때문이에요?"

하늬는 조금 놀란 눈으로 미아를 내려다봤다. 이 아이가 어디까지 이해하고 있는 걸까.

"우리 아빠도 여기 와 있어요?"

하늬는 자꾸만 아빠 얘기를 하며 어디론가 잡혀가는 것을 불안해하던 미아가 이상하다는 생각이 들었다. 그제야 미아의 이야기를 처음부터 끝까지, 그러니까 이곳 화성에 오기까지의 얘기를 들을 수 있었다. 하늬가 기억하던 지구의 모습과 미아가 기억하는 지구의 모습은 완전히 달랐다. 하늬는 미아가 지구 대지진이 발생했던 연도와 자신이 살던 마을이 처참하게 무너져 내리던 모습을 설명했을 때에야 비로소 알아차렸다.

"우린 그러니까…… 같은 바다에 있었던 게 아니었어."

미아는 하늬의 말을 이해하지 못했다. 같은 바다가 아니었다면 어떻게 만났다는 뜻일까.

"정확히는 같은 시간이 아니었던 거야. 그러니까 그게…… 시간과 시간 사이에 어떤 틈이 생겼고 아주 잠깐 우린 그 틈에서 만났을 수 있다는 거지."

하늬는 상대성 이론이나 웜홀, 우주 끈 이론 같은 것들을 이것저

것 갖다 붙여 설명했다. 미아도 언젠가 들어 본 적이 있는 말들이지만 정확하게 그 내용을 이해한 것은 아니었다.

"우리가 과거의 바다에서 널 데려온 건지, 네가 미래의 바다로 온 건지 그건 잘 모르겠어. 그런 게 가능한 건지도 모르겠고. 하지만 넌 지금 여기 있어. 몇백 년을 뛰어넘어서."

하늬는 자리에서 벌떡 일어나 좁은 방 안을 이리저리 돌아다녔다. 미아가 그저 지구인이라는 것을 받아들이는 데도 뭔가 꺼림칙한 기분이 들었는데 하물며 과거의 지구에서 온 사람이라니! 하늬는 기억을 더듬었다. 무엇이었을까. 무엇이 시간을 뒤틀어 버린 걸까. 혹시……

"거울. 너 바다에서 거울 같은 거 봤니? 거기서 빛이 났고?"

미아는 어떻게 대답해야 좋을지 몰라 잠시 머뭇댔다. 바다에서 번쩍이던 것을 본 순간에는 그것이 거울이라고 생각했고, 엄마가 찾던 거울일지도 모른다는 생각까지 했지만 지금 떠올려 보면 그게 정말 거울이었는지 아니었는지 확신이 서지 않았다. 그저 아빠가 가라앉고 있는 보물 상자를 쫓아 바다 깊숙이 내려갔고 그 뒤를 따르다 해류에 휩쓸렸다. 무언가가 강하게 등을 떠밀고 있다고 생각했지만, 그것이 거울 때문인지 아닌지는 확신할 수 없었다. 하지만 뭔가 이상하다는 느낌은 지울 수 없었다.

"있잖아요…… 엄마가 항상 그런 말을 했었어요. 빛나는 거울이 모든 것의 시작이자 끝이라고. 그 거울 때문에 제가 여기 오게 됐을까요?"

하늬는 멍한 얼굴로 미아를 바라봤다. 빛나는 거울. 할아버지가 말했던, 자신이 미아를 만나기 전 바다에서 봤던 그 거울.

"그래, 아마도 그거 같아. 뭔진 정확히 모르겠지만 그 거울을 찾아야 해. 그래야 네가 집으로, 정확히는 아빠랑 같이 타고 있던 배, 그 바다로 돌아갈 수 있을 거야. 그 거울이 어떤 문 역할을 한 거 같아. 그냥 지구로 돌아가기만 하면 되는 게 아니었어. 이를 어쩌지? 이제, 어쩌지?"

하늬의 혼잣말 같은 질문에 미아는 더 불안해졌다. 화성으로 온 것도 모자라 미래로 온 것이었다니. 아빠로부터, 바다로부터, 지구로부터 점점 멀어지고 있는 기분이었다.

6

한동안 침묵이 이어졌다. 미아는 하늬에게 기대어 잠이 들었다. 꿈속에서 엄마를 봤다. 엄마는 인어처럼 바다 안을 자유롭게 오가고 있었다.

"엄마, 엄마!"

미아는 힘껏 엄마를 불렀다. 긴 머리를 늘어뜨리며 저만치로 헤엄치던 엄마가 문득 뒤돌아봤다. 미아는 반가운 마음에 가슴이 들썩였다. 곧장 엄마에게로 헤엄쳤다. 엄마는 양팔을 활짝 벌려 미아를 안아 주었다. 그런 다음 미아의 한 손을 잡아끌었다.

"우리 보물 찾으러 갈까?"

"보물?"

"응, 먼 곳에 두고 왔어. 찾으러 가야 해. 너도 좋아할 거야."

"그게 뭔데?"

"가 보면 알아."

엄마가 웃었다. 미아는 엄마를 따라 발길질을 시작했다. 저 먼 곳에 하얗게 빛나는 작은 점이 보였다. 미아는 빛을 향해 계속해서 헤엄쳤다. 그런데 갑자기 그 하얀 빛이 사방으로 퍼져 나갔다. 폭발이었다.

삐이익!

미아는 갑자기 울린 신호음에 놀라 눈을 떴다. 어디서부터가 꿈이었는지 어디부터가 현실인지 잘 구분이 되지 않았다. 가슴이 절로 들썩였다. 옆에 있던 하늬가 미아의 등을 살살 문질러 주었다.

"괜찮아. 후, 후, 숨 쉬어."

하늬도 설핏 잠이 들었다가 신호음에 놀라 눈을 뜬 뒤였다. 머릿속을 가득 채운 '이제 어쩌지?' 때문인지 꿈속에서 풀리지 않는 우주 물리학 문제를 한참이나 붙잡고 있었다. 다시 한번 삐이익, 신호음이 울렸다. 조금 뒤 벽면을 가득 채운 스크린이 켜졌다. 화면은 총 13개로 분리되어 있었고 분리된 화면 안에 한 사람씩 앉아 있었다. 가장 가운데에 있는 사람은 검은 모자를 쓰고 있었는데 새하얀 피부색과 대비되어 고압적인 느낌을 주었다.

"지금부터 화성 연합 특수부 산하 특수 재판을 시작합니다. 특수 재판인 만큼 일반 배심원을 배제하고 판사 연합 특수 배심원들로 그 구성원을 제한합니다. 피고 화성 연합 탐사원 하늬, 묻는 말에 답하세요."

하늬는 처음 겪어 보는 일에 어안이 벙벙했지만, 변호인도 없이 재판을 받는 일은 뭔가 이상하다는 걸 기억해 냈다. 이래서 교육은 중요하다. 법률 제도에 대한 교육이 없었다면 기본적 권리도 지키지 못할 뻔했으니까.

"변호인을 신청합니다."

"특수 재판입니다. 변호인 신청 불가능합니다."

돌아온 대답은 처참했다.

"특수 재판이 된 이유를 알고 싶습니다. 정확한 이유를 납득하기 전까지 전 아무런 대답도 할 수 없습니다."

판사가 한숨을 쉬었다. 다른 열두 명의 얼굴도 딱딱하게 굳어 있긴 마찬가지였다. 하늬는 얼른 언어 해독기 전원을 껐다. 긴장한 얼굴로 앉아 있는 미아를 위해 그 정도는 해 줘야 할 것 같았다. 어떤 일은 차라리 모르는 게 나으니까.

"피고인은 지구에서 생명체를 들여올 수 없다는 화성 연합 정부의 법률을 어겼습니다. 이 일은 화성인 전체의 생명을 위협하는 사안으로 즉시 판결이 가능한 특수 재판에 해당합니다. 이의 있습니까?"

"이 아이는, 화성인의 생명을 위협하지 않습니다. 의사를 만났었습니다. 모든 것이 정상적이라고 했습니다. 다시 지구로 돌아가려던 참이었어요. 우리가 지구로 떠날 수 있게 해 주신다면 이 아이가 화성인의 생명을 위협하는 일은 절대로 없을 겁니다."

하늬는 마음을 다해 설명했다. 한마디 한마디 혹시나 실수는 없을지 머릿속을 굴리며 한 글자 한 글자 힘주어 말했다.

"의사의 진찰 기록이 남아 있습니까?"

"아니요."

"의사의 진찰 사실을 입증할 증거 물품이 있습니까?"

"아니요."

"바이러스 검사 사실이 있습니까?"

"그건······."

"지구인의 몸속에 화성인을 위협할 바이러스가 단 하나도 숨어 있지 않다는 피고인의 생각을 입증할 자료가 있습니까?"

"······."

"위급하고도 중대한 사안입니다. 피고는 탐사원이라는 신분을 화성인들의 공공선 확립에 쓰지 못할망정 화성인을 위험에 빠트리는 데 사용했습니다. 그 죄를 물어 화성에서의 추방을 명합니다. 더불어 지구인은 그 존재 자체로 화성인의 안전을 위협하는바 장례용 보호복을 착용, 우주에서의 소멸을 제안합니다."

하늬는 자리에서 벌떡 일어섰다. 지금 자신을 추방하고 미아를 산 채로 죽음에 내몰겠다는 말인가? 이건 너무 급작스럽고 일방적인 결정이었다. 미아가 아무런 해도 끼치지 않는다는 사실을 입증할 시간이라도 주어야 하는 것 아닌가?

"하지만!"

"피고인, 발언 기회 없습니다."

보호복도 없이 깊고 깊은 바다 아래로 떠밀려 들어가는 기분이었다. 그나마 언어 해독기를 끄고 있던 게 다행스러웠다.

"특수 배심원들께서는 의견을 정해 판결 사항을 입력해 주시기 바랍니다."

"잠시만요!"

하늬는 온 힘을 다해 소리쳤다. 이들을 막을 방법, 이들을 멈출 방법이 필요했다.

"그저 하나의 생명일 뿐입니다! 지구에서 데려온 건 제 잘못이에요. 지구의 바다보다는 화성이 안전할 거라고 생각했습니다. 방사능 수치도 괜찮았고 보시다시피 어디 하나 화성인과 달라 보이는 곳이 없습니다! 지금 지구인들의 상황이 어떤지는 배심원 여러분도 아실 겁니다. 모르셨다면 자료를 보여 드릴 수 있어요. 이 아이는 완전히 정상이에요! 절대로 화성인들에게 해를 끼치지 않을 겁니다!"

스크린 한쪽에 뉴스 화면이 떠올랐다. 아침 일찍부터 화성인들이 시위를 벌이고 있었다. 보호복 헬멧에 글자가 깜박이며 지나갔다.

지구인 박멸!

화성을 지켜라!

드론 카메라가 훑고 지나는 얼굴마다 경멸과 분노가 가득 차 있었다. 온몸에 소름이 돋았다. 미아가 손을 뻗어 하늬의 손을 꼭 잡았다. 화성인들의 얼굴을 본 미아는 금방이라도 울음을 터트릴 것 같았다. 미아의 떨림이 하늬의 손을 타고 온몸으로 전해졌다. 하늬는 미아를 조금 더 끌어당겨 어깨를 안았다. 그리고 가만가만 미아의 등을 토닥였다.

"이미 화성인들은 두려움에 떨고 있어요. 당신으로 인해, 저 작은 지구인으로 인해 평화롭던 화성의 일상이 망가졌습니다. 병원으로 환자들이 몰려들고 있어요. 건강에 이상 신호를 느끼는 사람들 때문에 평소보다 몇 배의 일을 소화하느라 병원이 마비될 지경이라고 합니다. 이 혼란이 어떻게 하면 진정될 거라 생각합니까?"

"돌아가겠습니다. 지구에 이 아이를 데려다주고 다시는 돌아오지 않겠습니다. 다시는요. 그러니 살려만 주세요. 멀쩡하게 살아 있는 아이를, 이 아이를 어떻게 우주로 띄워 보냅니까, 네?"

배심원들의 표정은 조금도 달라지지 않았다.

"지구 유물 불법 거래 명단을 가지고 있습니다."

하늬는 마지막 카드를 내밀었다. 배심원 몇 명의 얼굴이 일그러졌다. 하늬는 자신이 기억하고 있는 그 얼굴들을 차례로 노려봤다.

"모른다고 잡아떼실 수는 없을 거예요. 전 탐사원이기도 하고 보물 사냥꾼이기도 하지요. 탐사원의 다른 이름을 아시는 분이 대부분일 거라 생각하는데요."

"중심 사안에서 벗어난 발언은 삭제하겠습니다."

판사의 말에도 하늬는 아랑곳하지 않았다.

"며칠 전에 뵀던 분도 보이네요. 아마 꽃신을 사 가셨던 거 같은데요."

배심원 한 명의 얼굴이 화면에서 갑자기 사라졌다. 조금 뒤 배심원은 다시 자리로 돌아와 앉으며 슬쩍 웃었다. 그리고 물병을 따 꿀

꺽꿀꺽 소리가 다 들릴 정도로 마셨다.

"제가 여기서 즉결 심판을 받는다면 그다음 일은 여러분이 상상하는 그대로 이루어질 겁니다. 보물 사냥꾼들을 호락호락하게 보지 마세요. 그 정도 일 처리는 평소에 다 해 두거든요. 제가 어떤 사람과 연결되어 있을지 상상하지 않으시는 게 좋을 거예요. 지금의 혼란이요? 화성이 다 뒤집히고도 남을 일이 펼쳐질 겁니다."

호기롭게 말했지만 하늬의 가슴속은 방망이질 치고 있었다. 정말로 그 정도 일 처리를 평소에 해 두었어야 하는 건데 하고 후회할 뿐이었다.

"피고인, 뭔가 착각을 하고 있네요. 당신의 발언이, 혹은 증거물이 화성인들의 삶에 영향을 끼칠 거라 생각합니까? 결국 화성인들은 아무것도 모르게 될 겁니다."

판사가 웃었다. 처음으로. 누런 이를 드러내고서.

"변경된 판결을 제안합니다. 피고인은 그 죄질이 불량하고 배심원들에 대한 최소한의 존경심도 없이 화성의 혼란을 초래할 인물로 판단되는바, 지구인과 함께 장례용 보호복을 입혀 우주로 띄워 보내야겠습니다. 또한 판결 과정과 관련된 기록 모두 삭제하겠습니다. 판결 시작합니다."

스크린 가득 동그라미가 떠오르기 시작했다. 단 한 명도 빠짐없이, 참석인 열세 명 모두 판사의 제안에 찬성표를 던졌다.

"이상 즉결 심판을 마칩니다."

스크린이 꺼졌다.

7

진은 병원 로비에 앉아 환자 면회 신청을 하고 지문 등록을 한 뒤 잠시 기다렸다. 중환자실은 면회 시간이 따로 정해져 있었기 때문에 아침까지 기다려야 했다. 밤이 새도록 새로 들어오는 뉴스 소식에 귀 기울여 봤지만, 하늬에 관한 이야기는 나오지 않았다. 계속해서 보도되는 건 화성인들의 분노와 공포에 휩싸인 화난 목소리들이었다.

"감히 어떻게! 화성인들을 위협하려는 사람은 무조건 추방해야 한다고 생각합니다!"

"몇백 개의 바이러스가 몸속에 있다는 걸 봤어요. 이건 정말 끔찍한 일이에요. 무서워서 어디 바깥에 나가기나 하겠어요?"

"그 왜, 예전에도 식물 하나 때문에 열두 명이나 죽었잖습니까? 이런 일은 그냥 단번에 확, 싹을 잘라 버려야 합니다. 도대체 뭐 하러 사람을 데려옵니까? 그 더러운 지구에서!"

　사실 관계를 확인해야 한다고 말하는 사람은 한 명도 없었다. 정말로 지구인에게 몇백 가지의 바이러스가 존재하는지, 그 바이러스가 화성인들에게 어떤 치명타를 입힐지, 증명된 것은 아무것도 없었다. 어린아이가 지구에서 왔다는 이유 하나만으로 화성인들은 공포에 떨었다. 진의 입장에서는 지구인들이 사용하던 물건은 괜찮고 지구인은 안 된다는 이중적 태도가 어이없었다. 뉴스 보도 단 한 줄에 생업도 뒤로하고 공공의 이익을 위해 시위대에 참여했다는 사람들의 얼굴에는 자긍심이 흘러넘쳤다. 진은 끊임없이 반복되어 만들어지는 뉴스와 그 뉴스에 반응하는 사람들을 보며 자신이 그들의 세계에 속할 수 없다는 느낌을 받았다. 보물 사냥꾼이라는 직업 자체가 화성의 일반인들과 다른 세계를 보는 일이었기 때문인지도 모른다. 다른 것을 보면 다른 생각을 할 수밖에 없다. 화성인들이 보지 못한 걸 진과 하늬는 봤다. 그들이 모르는 걸 알고 있다. 화성에서의 생활이 그다지 투명하거나 정직하지만은 않다는 것, 지구인이 화성인을 위협할 정도로 무서운 존재가 아닐 수도 있다는 것. 그렇다면 화성인들이 생각하는 것이 전부가 아니라는 것을 알려야 하지 않을까. 그건 또 왜지? 타인의 삶에 깊이 관여하며 살 생각도 아니었는데. 혼란스러웠다. 무엇이 옳은 것인지, 옳다는 것은 무엇인지, 정의를 내리기 어려웠다. 병원 로비 전광판에 진의 이름이 떴다. 병실 앞으로 가야 했다.

　진은 떨리는 마음으로 병실 문고리 위 지문 인식판에 손을 가져다 대었다. 곧 초록 불이 들어오며 문이 스르륵 열렸다. 손님용 화장실과 거실을 거쳐 아버지가 있는 병실로 들어갔다. 유주는 보이지 않았다. 아버지는 병상에 누워 산소 호흡기를 대고 있었다. 고농축 최고급 산소일 것이다. 진이 다가서자 아버지가 눈을 떠 진을 바라봤다. 그리고 이제 왔냐는 듯, 어서 오라는 듯 눈웃음을 지었다. 낯설고 어색한 눈 맞춤이었다. 그래도 좋았다. 이렇게 아버지의 눈을 바라본 게 얼마 만인지 기억나지 않았다. 아버지는 손을 뻗어 진의 볼을 어루만졌다. 평소였다면 뒤로 한 걸음 물러났을 테지만 진은 그대로 있었다. 어쩌면 마지막일지도 모르는 '접촉'이었다. 보호복을 입을 때나 그렇지 않을 때나 서로가 서로의 몸에 손을 대는 일은 잘 없었다. 화성인들의 일반적인 삶이 그러했기에 이상하다거나 아쉽다고 생각해 본 적은 없었다. 하지만 오늘 느낀 아버지의 따뜻한 손은 오랫동안 기억날 것 같았다.

"괜찮으세요?"

아버지는 대답 없이 눈을 한 번 감았다가 떴다.

"왜, 왜 갑자기……."

거기까지 말하는데 난데없이 눈물방울이 떨어졌다. 진은 얼른 몸을 돌려 눈물을 닦아 냈다. 슬프다고 느껴지지는 않는데 이 감정이 뭔지 도무지 알 수 없었다.

"진."

아버지가 나지막하게 진의 이름을 불렀다.

"유주가 보낸 메일 열어 봤니?"

순간 아차 싶었다. 유주의 두 번째 메일을 아직 열어 보지 않았던 것이다. 그럴 정신이 없었다. 그런데 아버지는 그 일을 어떻게 알고 있는 걸까.

"내가 부탁한 자료가 들어 있을 거다. 지난 2년간 북극과 남극 쪽 바다에서 좋은 기류를 발견했어. 어쩌면 화성인들이 지구로 돌아가고 싶어질지도 모르겠다."

"네? 그게 무슨……."

"방사능 수치가 아주 낮아졌어. 자정 작용을 꽤 거친 것 같다."

거기까지 말하고 아버지는 깊게 숨을 들이마셨다.

"화성에 남은 빙하는 채 백 년을 넘기기 힘들 거다."

화성의 땅속 깊은 곳에 잠들어 있는 빙하는 화성인들의 생명 줄기였다. 드림워터사는 그 빙하를 녹여 물과 산소를 공급하는 일로 화성 제일의 기업이 될 수 있었다. 빙하 자체는 드림워터사의 사유물이 될 수 없었지만 그걸 공공재로 활용할 수 있게 만든 모든 기술력과 자본은 드림워터사의 것이었다. 따라서 화성의 빙하와 드림워터사는 운명의 단짝이라 해도 무방할 만큼 서로에게 깊이 결속되어 있었다.

1세대 화성인들과 달리 2, 3세대 화성인들은 다시 지구로 돌아갈 수 있다는 서약을 받고 화성행 우주선을 탔다. 그때만 해도 지구가 멸망 상태에 다다를 거라고 생각한 사람은 없었다. 화성에서의 삶, 새로운 세계에 대한 갈증을 풀고 나면 다시 본래의 집으로 돌아갈 수 있을 거라 생각했던 사람들은 지구의 종말 아닌 종말을 바라보며 화성을 집으로 여기기 시작했다. 지구 대지진 이후 다시 돌아갈 필요가 없다고 느낀 화성인들이 연합 정부를 세우고 하나의 국가를 만들기 시작했다. 돌아갈 곳 없는 사람들 사이의 유대는 더욱더 끈끈해질 수밖에 없었다.

"그럼 아버지가 수질 조사를 했던 건 지구로 다시 돌아가기 위해서였나요?"

"그런 셈이지."

"유주 누나는……."

"의회에 내 편을 만들기 위해 심어 놓은 사람이야. 아니, 부탁했다고 하는 편이 더 낫겠구나. 좀 얄팍한 속임수다만, 지구로의 귀환을 반대하는 사람들을 쥐고 흔들 만한 무기가 필요했다. 유주가 내게 여러 정보를 주었어. 의원들의 아킬레스건이 될 만한 것들."

화성에서의 삶에 충분히 만족하고 있는 지도층 대부분은 지구로의 귀환을 반대했다. 4년 전 처음으로 지구로의 귀환 가능성을 주제로 하는 보고 회의에서 그들의 추악한 본심이 드러났다. 그들은 이미 만들어 놓은 유토피아 같은 세상에서 단 한 발짝도 떠날 생각이 없어 보였다. 화성인들에게 지구로 돌아가는 일에 대해 말을 꺼내는 것도 반대했다. 화성인들의 삶이 큰 혼란에 빠질 것이라는 게 그들의 이유였지만 따지고 보면 그들이 다져 놓은 입지를 한순간에 반납하고 싶지 않은 까닭이었다.

"하지만 빙하가 모두 사라지면 어차피 화성에서 살지 못할 텐데요?"

"화성의 대지에서 수분을 추출하는 방법을 연구 중이라고 하더라. 이미 완성 단계에 들어갔다는 정보도 들었어. 아마도 새로운 공공 기업을 만들 계획인 것 같아. 단지 거대 자본이 필요하고 그걸 드림워터사를 무너뜨려 얻어 낼 속셈이 아닌가 싶다. 그들이 무기 삼고 있는 건 지구의 오염 상태야. 그곳에서 살아남은 사람들이 겪고 있는 후유증은 무시 못 할 증거지. 의원 한 명 한 명을 따로 만나 설득하고 있단다. 날 눈엣가시처럼 생각하는 사람들도 많아. 어쨌든 내 생각은, 어떤 선택이든 그건 화성인들의 것이 되어야 한다는 거다. 그들이 남길 원한다면 화성에 사는 것이고 돌아가길 원한다면 지구인의 삶을 사는 것이지. 내가 아닌 다른 사람의 결정 때문이 아니라 오로지 자기 자신의 결정에 따라서."

"그냥 알리면 되지 않아요? 방송국에 얘기해서 인터뷰 같은 걸 할 수도 있잖아요."

아버지는 대답 없이 껄껄 웃었다. 웃다가 기침을 하기도 했다. 얼굴이 붉어지게 기침을 하다 다시 그치기를 반복했다. 조금 뒤에는 얼굴이 제 색깔을 찾았고 웃음기도 사라졌다.

"지구로 돌아가기 위해서는 먼저 조사해야 할 것들이 많아. 지진 주기, 토양 상태, 민물의 오염 정도, 하나부터 열까지 새롭게 알아내야 하지. 의회의 허락 없이는 그 어느 것도 가능하지 않단다. 완벽한 자료가 준비되지 않은 이상 방송국에 알려 본들 무슨 소용이겠니. 의회에서 방송을 이리저리 흔드는 모양, 너도 충분히 보아 왔을 거라 생각했는데 아니었나 보구나."

"그럼…….."

"그래서 유주의 도움이 필요했던 거란다. 탐사원을 그 누구보다 많이 알고 있는 사람이잖니. 우린 자료를 모아 줄 사람이 필요해."

어느새 유주가 다가와 몸을 조금 숙이더니 아버지의 이불을 조금 위쪽으로 끌어당겨 올려 주었다. 아버지가 웃었다.

"네가 지구에서 사람을 데려왔다는 소식을 듣고 너한테도 자료를 보여 줘야겠다고 결심하셨어."

몸을 일으킨 유주가 주머니에서 모니터를 꺼내 진에게 건네주었다.

"그런데 이런 걸 보게 되셨어."

DNA 분석표였다.

"누구 거예요?"

"지구에서 온 아이. 보에데오가 조금 도움을 주셨지."

진은 다시 분석표로 눈길을 돌렸다. 각종 기호와 숫자들이 어지럽게 적혀 있었다. 이런 건 살펴본 적이 없었다. 진은 어디를 어떻게 봐야 하는 건지 몰라 이곳저곳을 두리번댔다. 그러다 작은 글자 하나를 발견했다. '유전자 친밀도'라고 적힌 부분에 99.9%라는 숫자가 눈에 들어왔다. 누구의 유전자와 누구의 유전자가 친밀하다는 건지 감도 안 왔다.

"그 아이가 화성인이 아니며 아주 건강한 상태라는 걸 증명할 필요가 있다고 생각했어. 그러려면 화성인 중 가족이 없다는 걸 확인해야 했지. 화성인 DNA 등록 상황실과 연계를 좀 해 봤어. 딱 한 사람, 그 아이의 DNA에 50% 영향을 끼친 사람을 찾아냈어. 그 아이의 부모 중 한 명이겠지."

"네? 그, 그게…… 말이 안 되잖아요. 누구예요, 누가 그 아이와 가족이에요?"

"네 엄마."

진은 쓰러지지 않기 위해 두 다리에 꽉, 힘을 주어야만 했다.

8

"진."

아버지가 낮은 목소리로 진을 불렀다.

"가서, 가능하다면 네 어머니를 데려와 다오. 부탁이다."

아버지가 눈물을 흘렸다.

"미처 하지 못한 말이 있었어. 네 엄마가 떠난 뒤에야 네 엄마가
얼마나 외로워하고 힘들어했는지 알았다. 미안하다고 말하고 싶었
어. 혹시 돌아오지 않겠다고 말하면, 이 말이라도 꼭 전해 다오. 정
말 미안했다고, 혼자 내버려 둬서 미안하다고."

진은 아무런 대답도 하지 못했다. 어떤 말도 입 밖으로 내뱉을 수
가 없었다. 머릿속에서 폭풍우가 일었다. 유주가 바깥쪽으로 발걸
음을 옮기며 말했다.

"터미널까지 타고 갈 비행선 준비해 놨어. 곧 하늬와 그 아이는

장례용 보호복을 입게 될 거야."

진은 그 자리에 우뚝 서고 말았다.

"일단 출발하자. 가면서 얘기해."

유주가 아버지에게 가벼운 목례를 했다. 진은 나가려다 말고 되돌아와 아버지의 손을 꼭 잡았다.

"금방 돌아올게요."

"너에게도 똑같은 잘못을 저질렀구나. 혼자 둔 시간이 너무 길었어. 정말 미안하다."

진은 울지 않기 위해 입술을 꾹 깨물었다. 그저 고개를 끄덕이는 것만으로도 눈물방울이 뚝뚝 흘러내릴 것만 같았다.

"잘 쉬고 계세요."

아버지는 한 번 더 진의 얼굴을 쓰다듬었다.

지상으로 올라갈 때까지 유주는 아무 말도 하지 않았다. 진은 오해해서 미안하다는 말도 엄마 일로 놀랐다는 말도 하지 못했다. 아까부터 무언가가 목소리를 끌고 저 아래로 가라앉기만 했다. 유주가 자가 비행선 조종석에 앉았다. 진은 무기력한 얼굴로 조수석에 앉아 멍하게 창밖만 바라봤다.

"그래 가지고 네 동생 구해 낼 수 있겠어?"

동생이라는 말이 귀에 콕 박혔다.

"그렇잖아, 네 동생이지 뭐. 잘 데려다줘."

유주의 목소리는 전처럼 부드럽고 다정했다. 어떻게 받아들여야 할까, 그 아이를.

"장례용 보호복을 입는다면서요. 어떻게 해요?"

"버드호 출항을 신청해 놨어. 즉각 판결이 났기 때문에 출항 금지는 해제될 거야. 버드호는 강하고 빨라. 게다가 추적 방지 시스템도 달려 있지. 네 운전 솜씨면 특수부 우주선을 따라잡는 것쯤 일도 아닐 거야."

"그런데 누나."

진이 조용히 유주를 불렀다.

"응?"

"왜 돕는 거예요? 아무리 생각해도 누나가 아버지를 도울 이유가 없어요. 하나도."

"이유라……. 한번쯤은 멋진 어른이 되고 싶었어."

"멋진 어른이요?"

"마음에 걸리는 일을 두고 보지 않는 사람. 진실을 말하려 노력이라도 해 보는 사람. 그냥 그런 사람."

유주의 표정은 덤덤했다. 진은 고개를 돌려 창밖을 내다봤다. 어떤 어른이 되고 싶은가, 한 번도 해 보지 않았던 질문이 머릿속을 맴돌았다.

터미널에 도착한 진은 최대한 빠른 속도로 검색대를 통과하고 버드호에 올랐다. 고작 며칠 전에 몰았던 우주선이 낯설었다. 진은 마음을 다잡고 조종석에 앉았다. 모든 것을 제자리로 돌려놓는 일, 우선은 그 일을 해야겠다고 마음먹었다. 지구에 있어야 할 사람은 지구에, 화성으로 돌아와야 할 사람은 화성으로. 그것만 생각하자고 마음을 다잡았다. 전원을 올리고 이륙 허가 신청 버튼을 눌렀다. 두세 번 경보음이 울렸고 옅은 노란색 경보등이 깜박이다 환한 빛으로 바뀌었다. 덜커덩! 버드호가 활주로를 따라 움직이기 시작했다. 저만치 격납고 안에 조용히 잠들어 있는 코스모스호가 보였다.

'하늬……'

하늬의 웃는 얼굴이 떠올랐다. 짙은 속눈썹과 발그레한 볼. 특수부 버스에 오르기 전 자신을 올려다보던 표정. 순간 눈물이 핑 돌았다. 하늬를 안아 주고 등을 쓰다듬어 주고 싶은 만큼 하늬 품에 안겨 펑펑 울고 싶어졌다. 하늬라면 지금 자신이 느끼고 있는 허망한 기분을 알아줄 것만 같았다. 함께 화내 주고 함께 슬퍼해 줄 것만 같았다. 진은 엄마가 사고 때문이 아니라 자신의 선택으로 지구에 머물렀다는 사실에 배신감을 느꼈다. 온몸이 부들부들 떨리는 걸 겨우겨우 참아 내는 중이었다. 사라진 엄마 때문에 어둠 속에 혼자 버려진 것 같던 지난날이 떠올랐다. 그런데 정작 엄마는 탐사원들에게 들키지 않고 바닷가 조용한 마을에 살며 아이까지 낳아 기르고 있었다니, 도대체 무슨 생각이었던 걸까. 아버지는 엄마를 데려와 달라고 부탁했지만, 진은 그럴 마음이 눈곱만큼도 없었다. 미안했다는 고백도 전하고 싶지 않았다. 얼굴을 보고 싶은 마음도 없었다. 그저 그 아이를 바다에 데려다주고 곧장 돌아오겠다는 다짐만 했다. 순전히 책임감이었다. 하늬와 한 약속을 지키고 싶었다.

출항 허락이 떨어졌다. 진은 버드호의 출력을 최대한으로 높이고 하늘 높이 날아올랐다. 레이더망에 원반 모양 우주선이 잡혔다.

화성 대기권을 벗어나 어둠뿐인 우주 공간으로 날아올랐을 때 진은 추적 방지 시스템을 켜고 특수부 우주선과의 거리를 계산했다. 하늬와 지구의 아이가 우주선에서 방출되어 더 먼 우주로 날아가기까지 시간이 아슬아슬했다. 아마도 특수부 우주선은 하늬와 아이를 우주로 날려 보내자마자 적정 거리 유지 원칙을 위해 화성으로 되돌아갈 것이다. 산소가 가득 들어 있는 장례용 보호복 내부에서 폭발이 일어나고 그 폭발로 인한 연쇄 작용을 피하기 위해 장례를 치를 때는 반드시 지켜야 하는 거리가 있었다. 방향이 중요했다. 우주 공간은 누구의 예측도 따르지 않고 저들만의 규칙을 가지고 있었다. 하늬와 아이가 같은 방향으로 날아간다면 다행이지만 정반대 방향으로 떠내려가 버린다면 진은 선택해야만 한다. 하늬를 살릴 것인가, 아이를 살릴 것인가.

진은 특수부 우주선 가까이 날아가 그 아래쪽에 자리를 잡았다. 크기 면에서 한참이나 차이가 났으므로 멀리서 보면 특수부 우주선 아래에 작은 점 하나가 따라붙고 있는 것과 마찬가지였다.

특수부 우주선의 배출구가 열렸다. 진은 보호복을 단단히 여미고 버드호와 제 몸을 묶어 줄 로프 한쪽 끝을 허리띠에 접착시킨 다음 방향 전환 장치를 양쪽 손목에 둘렀다. 비상 상황을 대비한 로프는 우주선에서 직선거리 최대 5킬로미터까지 이동이 가능했다. 거리가 너무 멀어지지 않는다면 해 볼 만한 싸움이었다. 이제 하늬와 아이가 어디로 이동하는지 방향을 지켜봐야 한다.

조금 뒤 버드호와 3미터쯤 떨어진 곳에서 특수부 우주선 바닥의 둥그런 문이 열렸고 두 덩어리가 튕겨 나왔다. 잠깐 멀어질 것처럼 보이던 두 개의 덩어리가 하나로 뭉쳐졌다. 밖으로 나오면서 손을 잡은 모양이었다. 진은 조금 기다렸다. 문이 닫히고 특수부 우주선이 떠나길 기다려야 했다.

특수부 우주선이 이동함과 동시에 진은 버드호를 움직였다. 하늬와 아이는 빠른 속도로 멀어졌다. 특수부 우주선에서 상당한 힘으로 하늬와 아이를 쏘아 버린 게 분명했다. 진은 조종석 레이더에서 거리 계측 버튼을 누르고 하늬와 아이가 직선으로 뻗어 나갈 경우 마주칠 수 있는 곳을 확인했다. 그리고 재빨리 핸들을 꺾어 버드호의 방향을 틀었다. 이제 중요한 건 아이들이 버드호 가까이 왔을 때 제대로 잡아채는 것이었다. 진은 우주선을 대기 모드로 바꾸고 꼬리방으로 뛰어 외부 출입문을 열었다. 외부 출입문 바깥쪽에 로프의 반대쪽 접착면을 대고 꽉 조인 다음 버드호 외벽을 따라 조금씩 이동했다. 그리고 양발을 힘껏 밀어 제 몸이 바깥쪽으로 슈우욱 밀려 나가게 했다. 하늬와 아이가 빠른 속도로 날아오고 있었다. 몸이 뱅글뱅글 돌고 있는 것으로 보아 진을 보지 못했을 확률이 높았다. 우주에서 제 몸을 제 마음대로 조절하기란 보호복 없이 화성의 지상에 서 있는 것처럼 힘든 일이었다.

진은 양팔을 벌리고 방향 전환 장치에서 기체를 조금 내보내 한 곳에 머물렀다. 지금은 운동량을 없애야 했다. 고정된 자세로 아이들을 기다려야 한다. 진은 다가오는 아이들을 바라보며 양손에 꽉 힘을 주었다. 몸의 어느 곳 한 군데라도 닿기만 한다면 무조건 잡아

채야 한다. 2미터, 1미터, 그리고 쿵! 진은 하늬인지 아이인지 모를 누군가와 부딪혀 뒤쪽으로 밀려났다. 뱅그르 돌던 아이의 눈과 진의 눈이 마주쳤다. 아이는 팔을 뻗었고 진의 손끝에 아이의 손이 잠시 닿았다 떨어졌다.

"안 돼!"

진이 팔을 휘적대는 사이 틱! 하늬가 버드호와 연결된 진의 로프를 움켜쥐었다. 꿀렁이는 반동이 있었지만 다행히 놓치지는 않았다. 진은 숨을 몰아쉬며 주변을 두리번거렸다. 하늬의 다리 사이에 아이가 걸려 있는 게 보였다. 한숨이 절로 나왔다. 하늬는 다리를 들어 올려 아이가 로프를 잡게 했다. 하늬와 아이가 뭐라고 소리쳤는데 그 소리가 들리지는 않았다. 이제 버드호로 돌아가야 한다. 보호복 내부 폭발까지 시간이 얼마나 남아 있을지 알 수 없었다. 진은 자신의 로프를 당기며 하늬에게 다가간 다음 하늬와 아이가 자신의 양쪽 다리를 잡게 했다. 그리고 팔을 뒤쪽으로 뻗어 버드호 반대쪽으로 방향 조절 장치를 켰다. 피슈슈슉! 진은 제법 빠른 속도로 버드호에 가까워졌다.

진이 외부 출입문 바깥쪽에 고정된 로프를 해체하는 사이 하늬와 아이는 꼬리방으로 들어갔다. 곧 꼬리방으로 들어온 진은 즉시 중력 장치를 켜고 꼬리방 안에 산소를 공급했다. 하늬는 지체할 것 없이 보호복을 벗기 시작했다. 아이도 보호복을 벗으려 애썼지만 순서를 몰라 버벅댔다. 보다 못한 진이 아이의 보호복을 벗겨 주기 시작했다. 아이가 보호복에서 발을 빼는 순간 삑삑삑삑, 어디선가 알림음이 울렸다. 하늬가 벗어 놓은 보호복 안에서 빨간 불빛이 깜박였다.

"안으로 뛰어!"

진은 보호복 헬멧을 올려 쓰고 꼬리방의 중력 장치를 껐다. 하늬와 아이가 부조종실 쪽으로 들어간 걸 본 진은 외부 출입문을 활짝 열어 하늬와 아이가 벗어 놓은 보호복을 힘껏 날려 보냈다. 재빨리 문을 닫고 잠금 손잡이를 돌리는 순간 펑! 폭발음이 한 번 울렸다. 놀란 하늬가 안쪽에서 소리를 질렀다.

"진!"

진은 정신을 차리기 힘든지 양 머리를 감싸 쥐고 몸을 숙였다. 외부 출입문이 반만 잠겨 있었다. 둥그런 손잡이를 반 바퀴를 더 돌려야 했다. 아주 작은 틈새라도 벌어지게 해서는 안 되었다. 하늬는 꼬리방 문을 열고 안쪽으로 들어섰다. 보호복을 입지 않아 몸이 붕붕 떠다녔다. 하늬는 몸을 직선으로 곧게 만들어 부조종실 문을 디딤돌 삼아 외부 출입문 앞으로 날아갔다. 그런 다음 문을 단단히 걸어 잠그고 바닥에 엎드린 진의 어깨를 잡아 세웠다. 게슴츠레하게 눈을 뜬 진이 하늬에게 말했다.

"우주선, 멀리!"

하늬는 얼른 주조종실로 갔다. 대기 모드를 운전으로 바꾸고 터보 엔진을 켰다. 그 순간 콰광쾅! 두 번째 폭발음이 울렸다. 꼬리방에서 빠져나간 산소가 매개체 역할을 한 모양이었다.

"비상, 비상! 2번 엔진 화재 발생. 2번 엔진을 끕니다."

버드호 안에 안내 방송이 나오더니 비상벨이 찌렁찌렁 울렸다. 하늬는 목적지 '지구'를 입력한 뒤 자동 운전 모드로 바꿨다. 그리고 다시 진에게 달려갔다. 어느새 꼬리방에서 나온 진이 바닥에 주저앉아 숨을 몰아쉬고 있었다. 그 옆에 앉은 미아는 온몸을 둥글게 말고 *끄억끄억* 울었다. 그제야 하늬도 자리에 주저앉았다. 창밖은 아득한 어둠뿐이었다.

9

"미아."

미아는 조종석과 마주 보이는 자그마한 테이블 의자에 앉아 조용히 제 이름을 말했다. 진은 미아를 바라보다 말고 허탈하게 웃었다.

"그래, 네 이름이 미아구나. 미아. 이제야 알았네."

진은 제 어머니의 이름을 떠올렸다. 왜 엄마는 자신의 이름을 딸에게 주었을까. 무엇을 증명하고 싶었던 것일까.

차를 준비해 온 하늬가 조종실로 들어와 테이블 위에 올렸다.

"진, 거울을 찾아야 해. 이 아이가 돌아갈 방법은 그것뿐인 것 같아."

조종석에 앉은 진은 아무런 대꾸가 없었다. 하늬는 성큼성큼 진 앞으로 가 진의 얼굴을 들여다봤다.

"내 얘기 들었어?"

진은 대꾸 없이 하늬의 눈을 지그시 바라봤다. 먼저 해 주고 싶은 얘기가 있었다.

"하늬."

"응?"

"내가 엄마 얘기했던 거 기억해?"

하늬는 붉은 흙먼지가 차창을 때리며 지나던 버스 안을 기억해 냈다. 진의 어린 시절을 모두 앗아가 버린 엄마, 지구의 바다에서 사라져 영영 돌아오지 않았다던 엄마. 그 순간, 하늬의 머릿속으로 날카로운 번개가 치고 지났다. 당시 최고의 보물 사냥꾼과 바다에 갔다던 진의 엄마, 지구의 바다에서 조난된 할아버지, 할아버지가 봤다던 빛나는 거울, 그리고 빛나는 거울을 찾아야 한다고 말한 미아의 엄마. 그러니까 진의 엄마와 미아의 엄마는 같은 사람, 엄마가 사라져 버리던 순간 곁에 있었던 할아버지!

하늬는 온몸에 힘이 빠져 그 자리에 주저앉았다. 진이 놀란 얼굴로 하늬를 붙잡았다.

"왜 그래?"

"진……."

하늬는 뒷말을 잇지 못했다. 어떻게든 진에게 말해 주어야 하는데, 엄마가 사라진 건 어쩌면 할아버지 탓일지도 모른다고 얘기해 주어야 하는데, 어떤 말로 시작해야 할지, 어떤 말로 위로해야 할지 가늠이 되지 않았다. 그러는 사이 미아가 곁으로 다가왔다.

"내가 과거에서 온 거래요."

진은 얼이 빠진 얼굴로 미아를 올려다봤다.

"하늬 언니가 그랬는데요, 빛나는 거울이 필요할 거래요."

"뭐? 이게 무슨 말이야, 하늬?"

하늬는 겨우겨우 숨을 가다듬었다. 그리고 미아에게 들었던 그대로, 자신이 생각했던 그대로 미아의 이야기를 전해 주었다. 진의 얼굴이 창백했다. 그 얼굴에 대고 할아버지 얘기까지 전할 용기가 나지 않았다. 진이 자신을 외면해 버린다면, 정떨어진 얼굴로 도망가 버린다면 그다음은 어떻게 해야 할지 아득하기만 했다.

'하지만, 해야만 해.'

하늬는 굳게 마음먹었다. 진의 유년 시절을 망가뜨리는 데 할아버지가 한몫했을지도 모른다는 말을 전해야만 했다. 숨길 수가 없었다. 숨기는 건 옳지 않았다. 할아버지 말마따나 모두가 몰라도, 모두를 속여도, 자기 자신은 속일 수 없으니까.

"진, 한 가지 더……."

"자, 잠깐만…… 나 좀, 잠깐만……."

진은 자리를 털고 일어나 침실로 들어가 버렸다.

지구에 도착하기까지 5일 동안, 진은 처음 이틀은 아무런 말도 하지 않고 잠만 잤다. 그다음 날엔 혼자 침실에 틀어박혀 애꿎은 베개를 퍽퍽 때렸고 그다음 날엔 깨달음을 얻은 성자처럼 까만 우주를 바라보기만 했다.

지구 도착 하루 전, 물을 마시러 침실 밖으로 나왔던 진은 조종실 한쪽에 침낭을 깔고 자는 미아와 하늬를 봤다. 쉽게 다가갈 수가 없었다. 정말 그러지 않으려 했지만, 미아의 엄마가 지구 대지진 때 죽었을 거라는 얘기를 듣고 진은 꺽꺽 울 뻔한 걸 겨우겨우 참아 냈다. 10년 넘은 그리움보다 단 몇 시간의 분노가 더 대단했는데, 미움을 온전히 쏟아 낼 대상이 정말로 죽어 버렸다는 게 허망했다.

"엄마는…… 항상 거울을 찾아야 한다고 했어요."

어느새 눈을 뜬 미아가 진을 보며 말했다. 진은 얼른 눈길을 돌리고 조종석에 앉았다.

"보고 싶은 사람이 있댔어요. 그래서 매일매일 바다에 들어갔어요. 어떤 날은 나한테 '같이 갈래?' 하고 물어보기도 했어요. 생각해 봤는데요, 엄마는 진짜, 정말 정말 그 거울을 찾고 싶어 했거든요. 아마…… 오빠 때문이었나 봐요."

진은 아무런 대답도 하지 않았다. 미아는 실망했지만 진을 탓하고 싶은 마음은 없었다. 엄마를 잃은 마음이 어떤 것인지 너무도 잘 알고 있었으니까. 하늬가 다가와 미아의 어깨를 토닥였다. 미아는 하늬의 의도를 알아차렸다. 미아는 진이 퍽퍽 쳐 대던 베개가 있는 침실로 들어가 이불을 꼭 끌어안았다.

"진."

하늬 목소리에도 진은 대답 없이 까만 우주를 들여다봤다.

"거울을 찾는다면, 너도 미아와 함께 그곳에 갈 수 있을지 몰라."

"무슨 꿈같은 얘기야. 거길 가서 뭘 어쩌게. 난 시간 여행 같은 건 관심 없어."

"엄마…… 혹시라도 찾게 된다면, 보고 싶지 않아?"

"글쎄, 굳이? 내가 기억하는 엄마는 고작 사진 속 웃는 얼굴이 다야. 난 엄마에 대해 어떤 기억도 없어. 그게 더 비참해. 내가 쟬 어떤 눈으로 봐야 하는 건지 나도 모르겠어."

"미안해."

"네가 왜?"

"아마 우리 할아버지가 그때 네 엄마 곁에 있었던 것 같아. 할아버지가 늘 그랬거든. 빛나는 거울을 찾게 되면 꼭 돌려주어야 할 사람이 있다고. 그게 네 엄마를 말한 건지, 네 엄마의 가족을 말한 건지 그건 모르겠어. 어쨌든…… 할아버지는 내내 그 일을 마음에 담고 있었어. 구해 내지 못했다는 죄책감에 시달리셨던 것 같아."

하늬는 할아버지가 늘 악몽에 시달리며 누군가에게 돌아오라고 소리치던 모습을 설명했다. 진은 여전히 무표정한 얼굴로 조종석 너머 우주를 바라보기만 했다.

"정말 미안해. 내가 사과한다고 해결될 일이 아니겠지만, 그래도 정말……."

"하늬."

진이 나지막한 목소리로 하늬의 이름을 부르는 순간, 하늬는 양손으로 얼굴을 가렸다. 눈치 없이 눈물이 흘렀다. 진 앞에서 우는 모습을 보일 수 없었다. 그러면 안 될 것 같았다. 하늬는 입술을 꾹 깨물었다.

"하늬, 나 좀 봐. 응?"

진의 부드러운 목소리에 하늬는 손을 내렸다. 진의 눈가도 빨갛게 달아올라 있었다. 진이 하늬를 자기 쪽으로 조금 끌어당겼다.

"하늬, 나 좀 안겨도 돼?"

하늬는 고개를 끄덕였다. 그리고 조심스럽게 진의 머리를 끌어와 부드럽게 안아 주었다. 하늬의 품은 엄마 같기도 했고 아빠 같기도 했다. 한꺼번에 서글픔이 밀려들었다. 진은 펑펑 울었다. 열 살 아이처럼 울었다. 아니, 그보다 더 어린아이처럼 끅끅대며 울었다. 내내 의연하게 살아왔는데 어디에 이런 슬픔을 감추어 놓았던 것인지 자신도 놀랄 만큼, 온몸 구석구석이 울어 댔다. 머리가 깨지고, 근육이 바스러지는 느낌이었다.

이불을 끌어안고 웅크리고 있던 미아도 같이 울었다. 가슴이 녹아내릴 것만 같았다. 정말로 심장이 아팠다. 커다란 망치로 못을 박는 것처럼 가슴 한쪽이 쿵쿵 울리며 찢기는 느낌이 들었다. 모든 게 제 탓인 것만 같았다. 화성 터미널을 나올 때 사람들이 저를 바라보던 눈빛이 떠올랐다. 벌레를 보는 것처럼 온 얼굴을 찌푸리며 손가락질하던 사람들. 옆에 돌이라도 있었다면 참지 않고 던져 버릴 것만 같은 표정, 손짓들.

미아는 그저 살고 있었을 뿐이다. 거친 바다에서, 황량한 화성에서. 누군가에게 해가 될 생각도, 누군가에게 슬픔을 짊어지게 할 생각도 없었다. 그런데 모든 일은 자기 때문에 일어났다. 그게 제일 미칠 것 같았다. 도무지 어떻게 해야 하는 건지 답을 찾을 수가 없었다. 어느 날 갑자기 땅이 무너지고 바다가 덮쳐 왔다. 어느 날 갑자기 엄마가 사라졌다. 어느 날 갑자기 화성에 오게 됐다. 그리고 어느 날 갑자기 오빠가 생겼다. 모든 게 거짓말 같았다.

조금 뒤 하늬가 침실로 들어왔다. 하늬는 말없이 미아를 안아 주었다. 이불을 꼭 끌어안은 미아는 이불 끝을 입에 물고 굵은 눈물방울을 뚝뚝 떨어뜨릴 뿐이었다.

"시간이 해결해 줄 거야. 너도, 나도, 진도, 아무도 잘못한 사람은 없어. 우린 모두 똑같이, 그저 우리의 삶을 살고 있을 뿐이야. 우리가 왜 이렇게까지 얽히게 된 건진 잘 모르겠지만 다 나쁜 것만은 아닐 거라고…… 믿고 싶어. 내 말, 이해할 수 있겠니?"

"내가 문제인 거 같아요. 나 같은 애가 태어나지 말았어야 하는 거였나 봐요."

"그런 바보 같은 말이 어딨어. 원해서 태어나는 사람이 어딨니. 원하는 대로 사는 사람도 별로 없을걸? 어떻게 살 것인가 정도는 선택할 수도 있겠다."

"그게 무슨 말이에요?"

"그런 거 있잖아. 나 좋은 것만 하고 살 것인가, 남한테 좋은 일도 해 보며 살 것인가, 나를 사랑하며 살 것인가, 나를 미워하며 살 것인가 같은 거. 이런 건 적어도 내가 생각해 볼 수 있고 노력해 볼 수 있는 거니까."

미아는 눈물을 훔치고 하늬의 얼굴을 올려다봤다. 하늬가 곁에 있어 참 다행이라고 생각하면서.

"그리고 또 하나. 태어나지 말았어야 하는 사람은 아무도 없어. 우주에서 별 하나가 태어날 때 얼마나 엄청난 조건과 확률이 필요한지 알아? 사람도 똑같아. 우연인 것 같지만 그렇지 않아. 그러니까 네가 태어난 건 아주 위대하고도 필연적인 어떤 이유가 있다는 거지. 살아가는 동안 그 이유를 찾아내는 게 우리 일이고. 어때, 이제 좀 산다는 게 멋진 일로 느껴지지 않니? 우린 다 탐험가인 거야. 인생이라는 거대한 비밀을 탐험하는 탐험가!"

말을 하는 동안 하늬의 목소리는 점점 밝아졌다. 미아를 위로해 주기 위한 말이었지만 그 말을 하면서 깨달았다. 제 목소리에 자신도 위로받고 있다는 걸.

"언니는 어디서 그렇게 멋진 말을 알았어요?"

"반은 할아버지. 반은 내 머릿속."

하늬는 장난스럽게 웃었다. 그 웃음에 미아의 표정도 밝아졌다. 버드호가 조금은 가벼워진 느낌이었다.

10

바다가 보이기 시작했다. 마지막 운항 지점을 찾아내는 건 어려운 일이 아니었다. 진은 하늬와 미아에게 새로운 보호복을 꺼내 주었다. 최신식이라 두껍지도 않았고 산소통도 훨씬 가벼우면서 용량도 컸다.

"세상에 나쁜 일만 있는 건 아니야. 그렇지, 진?"

새 보호복을 입으며 하늬가 활짝 웃었다. 진은 고개를 절레절레 저으며 웃었다. 어딜 가나 당당하고 유쾌한 모습이 매력이라고 생각하면서.

"거울을 찾을 수 있을까요?"

미아가 걱정스럽게 물었다. 하늬와 진은 서로의 눈을 바라보다 동시에 고개를 끄덕였다.

"우린 보물 사냥꾼이야. 어디 한번 찾아보자!"

하늬가 활기차게 말했다. 진이 버드호를 몰고 수면 아래로 내려 갔다. 바다는 조금 변해 있었다. 건물 꼭대기에 올려져 있던 배가 어디론가 사라져 버렸다. 진은 최대한 바닥 가까이 버드호를 몰고 내려갔다. 미아를 발견했던 자그마한 마을이 보이기 시작했다. 미 아는 조종석 앞으로 바짝 다가서서 아래를 내려다봤다. 없을 걸 알 면서도 혹시나 아빠가 있지는 않을까 상상하던 참이었다. 바다에 잠긴 도시는 여전히 말이 없었다. 이따금 지나는 작은 물고기 떼와 제멋대로 자란 수초들이 이리저리 춤을 추었다.

"진, 좀 더 자세히 볼 수 있는 건 없을까?"

진은 수중 드론을 내려보내 구석구석을 살폈다. 한참이 지났지 만 거울 비슷한 물건도 찾지 못했다. 하늬는 직접 찾아보겠다며 바 다로 들어가기도 했다. 없었다. 꼬박 열두 시간이 지났지만 그 근처 어디에도 거울은 없었다.

미아는 몹시 실망한 얼굴로 침실에 있던 이불을 끌어와 꼭 안았 다. 이상한 기분이었다. 아빠가 걱정되고 빨리 돌아가고 싶다고 생 각되는 만큼 다시 그곳의 바다로 돌아가는 게 겁이 나기도 했다. 어 쩌면 엄마가 자신을 살리기 위해 그 거울을 선물해 준 건 아니었을 까 상상하기도 했다.

"미아."

진이 나지막한 목소리로 미아를 불렀다. 온몸을 웅크리고 있던 미아가 고개를 들어 올렸다.

"계속 찾을 거야. 꼭 찾을게."

진의 눈동자를 가만히 바라보던 미아가 물었다.

"내가…… 밉지 않아요?"

진은 고개를 저으며 부드럽게 웃었다.

"엄마도 너도, 길을 잃었던 건데 뭘. 우리 잠깐 바깥 구경하고 올까?"

미아가 고개를 끄덕였다. 진은 버드호를 수면 위로 끌어올리고 잠시 공중을 선회했다. 그리고 제법 넓어 보이는 땅 위로 버드호를 착륙시켰다. 뒤쪽으로 풀숲이 보였고 수평선 너머로는 해가 지고 있었다. 하늬는 파도가 밀려드는 모래사장으로 걸어 바닥에 앉았다. 그 옆으로 진이 다가왔다. 미아는 모래사장에 파묻힌 조개를 찾고 있었다.

"너, 언제 돌아갈 계획이야?"

하늬의 질문에 진은 하늬를 돌아봤다. '그게 무슨 말이지?' 하는 얼굴로.

"넌 안 가겠다는 뜻으로 들리네."

"화성에서 난 이미 죽은 사람인걸."

진은 여전히 하늬의 의도를 읽을 수 없었다. 아니, 읽고 싶지 않았던 것인지도 모른다.

"진, 넌 돌아가. 아버지가 기다리시잖아. 난 거울을 찾을게. 그리고 다시, 혹시 올 수 있게 되면 그때 만나자."

"불가능이야."

"뭐가?"

"돌아가는 거. 엔진 하나 고장 났던 거 잊었어? 가다가 나머지 엔진 하나가 꺼지기라도 하면 우주에서 길을 잃고 말아. 그것보단 지구가 안전하다는 뜻이지."

진은 버드호에 보관된 아버지의 자료들을 떠올렸다. 아이를 보내고 나면 하늬와 함께 지구의 자료를 모아 볼 생각이었다. 무엇이라도 아버지에게 보탬이 될 만한 것을 찾아 돌아가고 싶었다. 언젠가 화성인들이 지구로 돌아올 수 있지 않을까 기대했던 것도 사실이다. 지구와 화성의 공전이나 자전 주기가 다름에도 1년을 365일로 정하고 하루를 굳이 24시간에 맞추어 지구인의 삶을 유지하려 했던 걸 보면, 결국 화성인들은 지구를 버리지 못한 것이다. 그러니 언젠가 돌아오게 되지 않을까. 물론 아버지의 계획이 차례대로 잘 실현된다면 말이다.

"화성 사람들은 다 그대로겠지? 이런 세상은, 우리 같은 사람이 있다는 건 상상도 못 하겠지?"

하늬가 풀죽은 목소리로 물었다.

"그게 뭐가 중요해. 그들이 상상하건 말건, 알건 말건, 우리가 지금 여기 있는 게 중요하지."

"하지만…… 알려야 하지 않을까? 모든 게 준비되길 기다리기보다, 하루라도 빨리 화성 사람들에게 지구에 대해 알려 줘야 하는 거 아닐까?"

진은 고요한 눈으로 먼바다를 내다봤다. 무엇이 옳은 걸까. 지금 화성에 견고하게 만들어진 평화를 깨뜨리고 불안정한 미래를 함께 기다려 줄 사람들이 있을까. 그들이 원하는 건 안정일까, 도전일까.

"그런데 너, 좀 괜찮아진 거야?"

하늬가 걱정스러운 눈으로 물었다.

"글쎄, 꼭 괜찮아질 필요가 있나?"

"응?"

"그냥 느껴 보는 거지. 화남, 실망, 외로움…… 그런 것도 어차피 일부잖아. 내가 살아가면서 겪어야 하는 여러 감정 중 하난데 뭐. 괜찮은 상태를 유지하려 애쓰는 게 꼭 좋은 걸까, 하는 생각이 들더라. 우선은 느껴 보려고. 괜찮아지기 위해 덮고 묻고 감추지 않고, 있는 그대로 느껴 보고 싶어."

하늬가 고개를 끄덕였다.

"그거 좋네. 느껴 보는 거."

보호복 장갑을 벗은 진은 손을 뻗어 하늬의 손을 꼭 그러잡았다.

"이거 봐, 따뜻하잖아. 좋네."

진과 하늬는 한참 동안 눈 맞춤을 했다. 피하지 않고, 부끄러워하지 않고, 솔직하게 서로의 눈길을 있는 그대로 느꼈다.

"우리 보호복 시스템 끄고 헬멧 내릴까?"

진의 질문에 하늬가 눈을 껌벅였다.

"이제 뭐든 아껴야지. 얼마나 있게 될지 모르는데."

"아."

하늬는 진을 따라 헬멧을 아래로 내렸다. 바다에서 불어온 바람이 뺨을 스치고 지났다. 짭짤한 냄새가 코끝을 간지럽히고 지는 태양의 따스한 빛이 머리카락을 어루만졌다. 몇 번이나 죽음의 공포를 느낀 뒤이기 때문일까. 지구에서 느껴지는 모든 것이 생명 같았다. 하늬는 가슴에 손을 얹었다. 쿵덕쿵덕, 심장은 아무것도 모른다는 듯이 잘도 뛰었다. 앞으로 170일쯤 되려나. 화성으로 돌아가지 못한다면 짧게는 170일 뒤, 길게는 거기에 365일쯤을 더하고 난 뒤 어느 날 갑자기 멈추고 말겠지. 모든 인간의 심장이 어느 날 갑자기 멈추고 마는 것처럼. 보에데오 아저씨가 무슨 일이 생기면 연락하라던 말이 떠올랐다. 이 일을 어떻게 알려야 할까. 어쩌면 지구를 탐색하러 오는 보물 사냥꾼을 만나게 되지 않을까, 기대가 되기도 했다. 헛된 희망이라도 그것이 인간을 살게 하는 힘은 아닐까 생각하면서.

"진, 그거 알아? 우린 지금 집을 잃어버렸어."

"어차피 화성은 우리들의 집이 아니었을지도 몰라."

진은 거울을 찾는데 좀 더 긴 시간이 필요할지도 모르겠다고 생각했다. 어쩌면…… 아예 찾을 수 없을지도 모른다. 미아에게는 미안한 일이지만 진은 그것 역시 나쁘지 않다고 생각했다. 몇백 년을 뛰어넘어 만난 사람들이라면 우주가 정해 놓은 운명쯤으로 여겨도 되지 않을까.

"진."

"응?"

"돌아가."

"안 됐댆아. 못 간다고."

"엔진 고쳐 놨어. 출력이 예전만큼 높진 않겠지만 중간에 고장 나는 일은 없을 거야. 기억하지? 난 우주선 조종법 대신 우주선 수리 방법을 배웠다는 거."

하늬가 진을 바라보며 부드럽게 웃었다.

"돌아가서 알려 줘. 화성인들이 알고 있던 게, 믿고 있던 게 전부가 아니라는 걸. 변하지 않을 거라고 생각하고 아무것도 하지 않으면 정말 아무것도 변하지 않을 거야. 뭐라도 시작하면, 아주 작은 거라도, 그럼 좀 달라지지 않을까?"

"화성인들이 달라지길 원해? 왜?"

"원하지 않았는데 바보가 돼 버렸잖아. 제대로 알지 못해서 우릴 막무가내로 미워하고 욕했던 거잖아. 나도 그런 사람일 수 있었어. 할아버지가 쓰러진 나를 모른 척하지 못한 것처럼 나도 그래. 모른 척할 수가 없어. 마음이 편하지 않아."

진은 다시 고개를 돌려 먼바다를 내다봤다. 이곳에서 돌멩이 하나 던지는 것으로 저 먼바다가 출렁일 수 있을까.

"우리 할아버지가 버릇처럼 하던 말이 있어. 내 영혼의 영원한 감시자는 바로 나다."

"내 영혼의 감시자?"

"하늘이 모르고 땅이 몰라도 자기 자신은 알 수밖에 없다는 거야. 뭐가 옳은 건지, 뭐가 그른 건지. 그렇다면 우린 선택해야 해. 어떻게 살 건지."

진은 멋진 어른이 되고 싶었던 유주의 목소리를 떠올렸다. 어떤 어른이 될 것인가, 또다시 같은 질문에 부딪혔다.

"단번에 되지 않을 거라는 거 알아. 이미 생각이 굳어진 사람들은 어쩔 수 없겠지. 하지만 미아처럼 어린아이들이라도 지구의 바다에 대해 제대로 알면, 그럼 몇십 년쯤 뒤엔 좀 달라지지 않을까? 누군가 포기하지 않는다면."

하늬는 자리를 박차고 일어섰다.

"버드호 창고에 스낵도 엄청 많더라? 네가 화성으로 돌아가도 미아랑 나랑 여기서 여섯 달은 끄떡없이 버틸 만큼!"

하늬가 씩 웃었다. 진은 못 말리겠다는 듯이 고개를 절레절레 저었다. 뭐부터 시작해야 할지 머릿속이 복잡했다. 우선 하늬와 미아가 안전하게 지낼 돔 텐트를 설치해야 하고 식량도 내려놓아야 한다. 가지고 있던 무기는 모두 하늬에게 주어야 한다. 버드호 안에 마실 물과 산소가 충분하게 있었던가.

"하늬, 정말 괜찮겠어? 어쩌면 괴수 인간들이 나타날 수도 있고, 갑자기 가슴이 답답해지거나, 또 그러니까……."

하늬가 허리를 숙여 진의 손을 잡았다. 그리고 천천히 일으켜 세웠다.

"진, 화성이나 지구나 위험이 도사리고 있는 건 같아. 인간은 원래 그렇게 살아왔어. 위험을 딛고 불확실한 미래를 꿈꾸면서. 그러니까 진정 좀 해. 거울 계속 찾아볼게. 환경 조사도 열심히 할게. 자료가 될 만한 것들은 죄다 모아 놓을게."

하늬의 목소리는 씩씩하기 그지없었다. 진은 발갛게 달아오른 하늬의 얼굴을 보며 고개를 끄덕였다.

"그리고 기다릴게."

진은 묵묵히 다음 말을 기다렸다.

"너를."

하늬의 눈빛은 지는 태양만큼 부드럽고 따스했다.

미아가 모래 더미 속에서 손바닥보다 커다란 무지갯빛 조개를 찾아 들어 올리며 소리쳤다.

"하늬, 진! 이것 봐요! 보물처럼 예뻐요!"

하늬와 진은 서로의 손을 잡고 미아에게 달려가기 시작했다. 태양이 수평선 아래로 떨어져 내리고 그림자처럼 남겨진 주홍빛만 바다를 적시는 시간이었다.

아름다운 청소년 ㉙

우주의 미아

초판 1쇄 인쇄 2023년 1월 27일 | 초판 1쇄 발행 2023년 2월 3일

지은이 지슬영 | **펴낸이** 방일권

디자인 강소리 | **홍보관리** 손은영

펴낸곳 별숲 | **출판신고** 2010년 6월 17일 | **주소** 경기도 파주시 광인사길 68, 403호

전화 031-945-7980 | **팩스** 02-6209-7980 | **전자우편** everlys@naver.com

© 지슬영 2023

ISBN 979-11-92370-34-7 44800
ISBN 978-89-965755-0-4 (세트)

• 이 책 내용의 전부 또는 일부를 사용하려면 반드시 저작권자와 별숲 양측의 서면 동의를 받아야 합니다.
• 책값은 뒤표지에 표시되어 있습니다.
• 잘못된 책은 바꾸어 드립니다.
• 별숲 블로그 blog.naver.com/everlys 별숲 인스타그램 @byeolsoop_insta